Do Deirdr

An Bealach go Dún Ulún

Donnchadh C. Ó Laighin 18-3-08
Ádh Mhór

Tá súil againn go mbainfidh
tú sult as an leabhar !
   Anne Marie Uí Laighin

   Enjoy

An Bealach go Dún Ulún

Donnchadh C. Ó Laighin

Cló Iar-Chonnachta
Indreabhán
Conamara

An chéad chló 2004
© Donnchadh Ó Laighin 2004

ISBN 1 902420 82 9

Obair ealaíne an chlúdaigh agus líníochtaí: David Cannon
Dearadh clúdaigh: Peter O'Toole
Dearadh: Foireann CIC

Tugann Bord na Leabhar Gaeilge tacaíocht airgid do Chló Iar-Chonnachta.

Tugann An Chomhairle Ealaíon cabhair airgid do Chló Iar-Chonnachta.

AN DLÚTHDHIOSCA:
Taifeadadh: Stiúideo Sliabh an Liag
Innealtóir Fuaime: Paul Gallagher
Léiritheoir agus Cumadóir Amhrán: Donnchadh Ó Laighin

Thug Meitheal Forbartha na Gaeltachta tacaíocht airgid don tionscnamh taifeadta seo.

Thug Foinn Chonnallacha tacaíocht airgid don tionscnamh seo.

Nóta: Ba mhaith liom a chur in iúl nach bhfuil na hainmneacha atá ar dhaoine sna scéalta, sna hamhráin ná san fhilíocht atá sa leabhar seo fíor, agus nach bhfuil baint ná páirt acu le duine ar bith.
–An tÚdar

Gach ceart ar cosaint. Ní ceadmhach aon chuid den fhoilseachán seo a atáirgeadh, a chur i gcomhad athfhála, ná a tharchur ar aon bhealach ná slí, bíodh sin leictreonach, meicniúil, bunaithe ar fhótachóipeáil, ar thaifeadadh nó eile, gan cead a fháil roimh ré ón bhfoilsitheoir.

Clóchur: Cló Iar-Chonnachta, Indreabhán, Conamara
  Teil: 091-593307 **Facs:** 091-593362 **r-phost:** cic@iol.ie
Priontáil: Clódóirí Lurgan, Indreabhán, Conamara
  Teil: 091-593251/593157

Clár

Buíochas	8
Réamhrá	9

CUID 1: Scéalta

An Pota Cáfraithe	13
An Bhó Riabhach	23
An Bád Mór	30
An tSeancheárta	34
Cnapastún, Rí na Sióg	39
An Fear Siúil	45
Dónall agus na Cait	50
An Ministir Cam	55

CUID 2: Amhráin

Mo Ghleann Beag Féin	65
Mo Theach Beag i mBaile Láir	67
An Bhaintreach Óg	70
Mo Chailín Deas	72
Cuan Thamhnaigh	73
An Baile inar Tógadh Mé	75
An Smaointiú Brónach	77

CUID 3: Filíocht

An Geimhreadh	81
Tobar Phádraig	82
Dol Pháidí Jimí Ruairí	83
Bás Nóra Nic Giolla Cearr	84

AGUISÍNÍ:

Gluais	89
Ailt agus Clocha Cois Cósta i gCill Charthaigh	91
Bailte Fearainn Pharóiste Cill Charthaigh	93
An Dlúthdhiosca: traicliosta	96

I ndilchuimhne ar mo mháthair is m'athair
Mairéad agus Condaí

Buíochas

Ba mhaith liom mo bhuíochas a chur in iúl do mo chlann uilig agus do na daoine seo a leanas a thug cuid mhór cuidithe domh: mo bhean chéile, Anna Marie Ní Ghallchobhair, a rinne an scríobh agus an taighde; David Cannon, a dhear na pictiúir go léir agus na líníochtaí; Pól Ó Laighin a rinne na léarscáileanna; Raidió na Gaeltachta; Anna Bean Mhic Laifeartaigh agus gach duine eile a thug cuidiú dom ar aon dóigh leis an leabhar seo.

Réamhrá

Tá athrú mór ar an taobh seo den chontae ó na Cealla Beaga isteach go Gleann agus uaidh sin go hArd an Rátha le leathchéad bliain. Ní shílim go bhfuil na daoine chomh croíúil anois agus a bhí na daoine a tháinig romhainn. Tá teach deas anois ag an uile dhuine ach tá mórán airgid le díol ar ais acu ar an iasacht a fuair siad leis na tithe deasa seo a chur suas agus níl am acu le labhairt le comharsanach nó le ghabháil a chuartaíocht san oíche.

Sílim féin gurb é an t-athrú is mó a tharla ná an t-athrú a tháinig ar an Ghaeilge nuair a druideadh na scoltacha beaga sna trí pharóiste agus gur cuireadh na páistí a bhíodh ag caint na Gaeilge isteach sa scoil mhór leis na páistí nach raibh focal Gaeilge acu.

Is é an dóigh a bhíodh ann nuair a bhí mise óg, thigeadh fir ón dá pharóiste tigh s'againne le scéalta a inse agus le scéalta a chluinstin ó na fir agus ó na mná a bhíodh sa teach. Bhí na scéalta seo i nGaeilge agus ní chluinfeá oiread agus focal amháin i mBéarla i rith na hoíche. Ba ghnách leis na fir agus leis na mná suí thart faoin tine agus bhíodh siad ag caint faoi rudaí a tharla ó bhí siad ansin aroimhe – cuir i gcás, dá bhfaigheadh duine bás nó dá mbeadh bainis faoin cheantar agus an uile shórt mar sin – go mbeadh sé thart faoin hocht a chlog agus ansin thosaíodh siad a inse scéalta go ham codlata.

Bhíodh na hoícheanta fada ó mhí na Samhna. Tilí ola an solas a bhíodh sa chisteanach. Ní raibh againn ach coinneal sna seomraí agus bhí againn le bheith an-fhaichilleach ar eagla go ndófadh muid an teach dá dtitfeadh an choinneal.

Is mór an trua nach raibh na scéalta seo a mbíodh siad á n-insint scríofa síos, nó nach raibh siad ar téip sa dóigh go gcluinfeadh muid an chanúint agus blas na Gaeilge mar a bhíodh ag na seanchaithe agus ag na scéaltóirí, go ndéana Dia trócaire orthu.

Bhí an-dúil agam féin a bheith ag éisteacht leis na seanscéalta

Gaeilge agus shíl mé nach ndéanfainn dearmad orthu choíche, ach ní sin mar a bhíos. Tá an uile shórt ag athrú anois. Níl na páistí ag éisteacht leis na seanscéalta Gaeilge mar a bhíodh agus ní fheicfeá fear amuigh sa chuibhreann ag cur síos cúpla iomaire prátaí. Is cuimhin liom go mbíodh suas le scór fear ag cuidiú lena chéile lá na cruaiche agus gurbh í an Ghaeilge an teanga a bhíodh á labhairt i rith an lae. Nuair a bhíodh an chruach fhéir críochnaithe thagadh na páistí ón dá bhaile le himirt thart faoin chruach agus ní chluinfeá oiread agus focal Béarla.

Donnchadh C. Ó Laighin
Samhain 2004

CUID 1: Scéalta

An Pota Cáfraithe

Bhí baintreach ina cónaí i nGleann seal maith blianta ó shin agus bhí beirt mhac aici. Peadar agus Conall na hainmneacha a bhí orthu. Fuair an t-athair bás nuair a bhí na gasúraí óg agus ní raibh mórán acu ach bó amháin agus giota beag talaimh. Peadar an buachaill ba sine. Ní raibh mórán céille aige, ach stócach mór láidir a bhí ann. Bhí Conall sé bliana déag agus é ina bhuachaill deas lách.

Lá amháin ag tosach na bliana dúirt Conall lena mháthair go raibh sé ag gabháil ar aimsir agus bhí súil aige a ghabháil suas go dtí an Lagán. Cúpla oíche ina dhiaidh sin d'fhiafraigh Conall dá mháthair an ndéanfadh sí bonnóg aráin dó le tabhairt leis, go raibh sé ag gabháil ar shiúl maidin lá arna mhárach.

'Anois,' arsa an mháthair, 'arbh fhearr leat bonnóg bheag is mo bheannacht nó bonnóg mhór agus mo mhallacht?'

'Ó, déan bonnóg bheag is do bheannacht,' arsa Conall agus é ag gáire.

Rinne sí bonnóg bheag dheas dó, chuir sí rísíní agus an uile bheannacht a dtiocfadh léithe smaointiú uirthi isteach sa bhonnóg nuair a bhí sí á déanamh. Thug sé buíochas di agus chuaigh sé a luí.

Maidin lá arna mhárach d'fhág sé slán acu agus ar shiúl leis ar a bhealach go dtí an Lagán. Ní dhearna sé stad mara ná cónaí go raibh sé ag an Bhearnas Mhór. Shuigh sé síos ar thaobh an bhealaigh agus d'ith sé deireadh na bonnóige bige a bhí leis. Bhí dorchadas na hoíche ag titim agus ní raibh dadaidh le cluinstin ach méileach na gcaorach. Bealach uaigneach a bhí ann, agus ní raibh bun cleite amach ná barr cleite isteach, éanacha beaga na coille craobhaí ag gabháil faoi shuaimhneas agus síorchodladh na hoíche.

Shiúil Conall leis go bhfaca sé solas, ní i bhfad uaidh nó ní i ndeas dó, ach tharraing sé air. Teach mór ar thaobh an chnoic a bhí ann. Suas le Conall agus bhuail sé ar an doras. Nuair a d'amharc sé thart bhí madadh ina sheasamh giota taobh thall den doras. Tháinig fear an tí amach agus d'fhiafraigh Conall dó an raibh an madadh crosta.

'Níl,' arsa an fear agus dúirt sé le Conall a theacht isteach. D'fhiafraigh an fear de Chonall cárbh as é nó cá raibh sé ag gabháil.

'Tá,' arsa Conall, 'as iardheisceart Dhún na nGall mé, agus tá mé ar lorg aimsire.'

'Bhal,' arsa an fear, 'tá buachaill aimsire de dhíth ormsa, agus ba mhaith liom dá dtiocfadh leat fanacht anseo.'

Tháinig bean an tí amach as an chisteanach. Chuir sí fáilte roimhe is d'fhiafraigh sí dó an íosfadh sé a shuipéar.

'Déanfaidh,' arsa Conall.

Chuir bean an tí bord maith bia amach don bheirt acu. Nuair a bhí an suipéar ite acu, thug Conall buíochas di agus thaispeáin fear an tí a sheomra dó.

Cúpla an-deas a bhí iontu agus ní raibh clann ar bith acu féin. Thug siad seomra deas mór do Chonall le dhá leaba ann agus bhí siad an-sásta lena chuid oibre. D'fhiafraigh fear an tí de Chonall an raibh deartháir aige agus má bhí, an dtiocfadh sé aníos chucu ag tús mhí Aibreáin.

'Tá deartháir agam,' arsa Conall, 'agus Peadar an t-ainm atá air. Ach níl a fhios agam an dtiocfaidh sé aníos.'

Seachtain roimh Lá 'le Pádraig, dúirt fear an tí le Conall go dtiocfadh leis a ghabháil abhaile agus inse dá dheartháir a theacht aníos leis nuair a bheadh sé féin ag teacht ar ais.

'Déanfaidh,' arsa Conall. Cúpla lá ina dhiaidh sin thosaigh sé ar a bhealach go Gleann. Bhí sé ag tarraingt suas ar mheán oíche nuair a shroich Conall an baile.

'An bhfuil tú anseo ar ais?' arsa an mháthair le Conall.

'Tá,' arsa seisean, 'agus fuair mé seachtain saoire le páighe. Tá mé ag obair do chúpla ar an Lagán agus tá siad an-mhaith domh. Tá gabháltas mór talaimh acu agus teach mór air, agus d'inis fear an tí domh nuair a bheinn ag gabháil suas ar ais, Peadar a thabhairt suas liom.'

'Ó, a dhílis!' arsa an mháthair. 'Déan sin agus tabhair leat suas é nó níl sé déanamh a dhath anseo ach ag ithe ó mhaidin go hoíche.'

Cúpla lá tar éis na Féile Pádraig d'iarr an bheirt bhuachaillí ar a máthair an ndéanfadh sí cúpla bonnóg aráin daofa.

'Déanfaidh mise dhá bhonnóg daoibh,' arsa an mháthair.

'Déan bonnóg bheag is do bheannacht domhsa,' arsa Conall.

'Bhal,' arsa Peadar, 'déan bonnóg mhór domhsa nó níl mórán i mbonnóg bheag agus bíonn ocras mór orm.'

Rinne an mháthair dhá bhonnóg dheasa daofa agus maidin lá arna mhárach d'éirigh an bheirt acu go breá luath agus thosaigh siad ar a mbealach go dtí an Lagán. Lá deas tirim a bhí ann agus ní raibh siad ach ag an Bhroclais nuair a tháinig an t-ocras ar Pheadar agus dúirt sé go gcaithfeadh sé giota aráin a ithe.

'Níl muid leath bealaigh go fóill,' arsa Conall.

'Ó, bhal,' arsa Peadar, 'ní thig liomsa a ghabháil níos faide leis an ocras.'

'Suífidh muid síos ar an chlaí anseo agus íosfaimid giota aráin, bhal,' arsa Conall.

Shuigh siad síos ar an chlaí agus d'ith Peadar an bhonnóg uilig a bhí leis agus níor fhág sé oiread is an bruscar ina dhiaidh. Ar shiúl leis an bheirt acu arís agus bhí an uile rud iontach le feiceáil ag Peadar. Nuair a bhí siad i mBaile Dhún na nGall ní fhaca siad a leithéid ariamh. Ní raibh siad ach ar an taobh thall den Bhearnas Mhór nuair a tháinig an t-ocras ar Pheadar bocht arís agus ní raibh arán ar bith fágtha aige.

'An bhfuil i bhfad le ghabháil anois againn?' arsa Peadar. 'Tá mo chosa ag camadh leis an ocras agus ní bheidh mé in inmhe a ghabháil mórán níos faide.'

'Seo,' arsa Conall, 'siúil leat, ní bheidh muid i bhfad anois.'

Shiúil siad leofa cúpla uair an chloig eile agus chonaic siad solas, ní i bhfad uathu nó ní i ndeas daofa, ach tharraing siad air.

'Anois,' arsa Conall, 'nuair a rachaimid isteach sa teach, bíodh múineadh ort agus ná hith an uile rud a chuirfidh sí ar an tábla.'

'Bhal,' arsa Peadar, 'tá an-ocras orm agus caithfidh mé mo shuipéar a fháil.'

'Anois, éist liom,' arsa Conall. 'Seo an rud a dhéanfas muid. Cuirfidh mise mo chos ar do chos-sa nuair a bheas mo sháith ite agam agus thig leatsa stad ag ithe.'

'Bhal, ná cuir siar do chos go mbeidh mo sháith ite agamsa,' arsa Peadar.

Suas go dtí an teach mór leis an bheirt acu agus chuir an fear agus a bhean fáilte mhór rompu. Bhí an madadh mór ag siúl thart agus luigh sé istigh faoin tábla ach ní fhaca Peadar é. Chuir bean an tí bord deas suas daofa, neart le hithe agus le hól agus shuigh an triúr acu isteach ag an tábla agus thosaigh siad ag ithe. Ní raibh siad i bhfad ag ithe nuair a thit giota beag aráin síos ar an urlár. D'éirigh an madadh lena ithe agus sheas sé ar chos Pheadair. Shíl Peadar gur Conall a chuir a chos air agus stad sé ag ithe.

'Creidim go bhfuil sibh tuirseach agus ocras oraibh agus ithigí libh bhur sáith,' arsa bean an tí.

'An bhfuil tusa ag ithe do choda ar chor ar bith?' arsa fear an tí le Peadar.

'Níl, tá mo sháith ite agam,' arsa Peadar.

'Beidh muidinne ag gabháil suas a luí nuair a bheas ár gcuid ite againn,' arsa Conall.' Agus suas an staighre leofa. Thuas ag barr an staighre ní raibh mórán solais ann. Bhí halla le cúig dhoras ansin. Isteach sa seomra leofa agus las siad coinneal.

'Cad chuige ar chuir tú do chos ar mo chos-sa,' arsa Peadar, 'agus gan mé ach ag toiseacht mo choda?'

'Níor chuir mise mo chos de do chóir,' arsa Conall. 'Gabh a chodladh, agus gheobhaidh tú bricfeasta maith ar maidin.'

'Ó, bhal,' arsa Peadar, 'ní bheidh mise beo ar maidin leis an ocras.'

'Gorrach, nach mór an trua mise! Cad chuige a dtug mé aníos anseo ar chor ar bith thú?' arsa Conall.

Tamall beag ina dhiaidh sin scairt Peadar ar Chonall.

'An bhfuil tú i do chodladh?' arsa seisean.

'Níl,' arsa Conall, 'agus ná bíodh callán agat nó músclóidh tú bunadh an tí atá ina gcodladh sa tseomra sin ag ár dtaobh.'

'An rachaidh tú síos chun na cistine agus giota aráin a thabhairt aníos chugam?' arsa Peadar.

'Ní rachaidh mé síos duit nó ní fheicfinn rud ar bith sa dorchadas. Anois, gabh a chodladh.'

Leathuair ina dhiaidh sin scairt Peadar ar Chonall arís: 'Sílim go bhfuil mé ag fáil bháis leis an ocras.'

'Órú bhorradh!' arsa Conall. 'Rachaidh mé síos go bhfaighidh mé rud inteacht le hithe duit.'

Oíche fhuar a bhí ann agus amach ar an doras leis agus síos an staighre go dtí an chisteanach ach ní thiocfadh leis rud ar bith a fheiceáil sa dorchadas. Chuaigh sé suas go dtí an tine agus bhí pota ansin. Shíl sé gur brachán a bhí ann. Thóg sé an clár den phota agus chuir sé a lámh isteach ann. Bhí an pota de chóir a bheith lán. Fuair sé babhla ar an drisiúr agus thóg sé a lán as an phota agus suas an staighre le Conall. Bhí sé dorcha ag barr an staighre agus isteach ar an doras contráilte leis. Chuaigh sé siar go dtí an leaba agus an babhla lán leis.

'Faigh greim air seo,' arsa Conall. Ach níor labhair aon duine leis.

'Marbhfáisc ort, tá mé conáilte agat, agus muna bhfaighidh tú greim air seo, tá mise ag gabháil a fhágáil an bhabhla sa leaba agat.'

Nuair a chrom Conall síos, chonaic sé go raibh beirt sa leaba. D'fhág sé an babhla idir an bheirt acu, agus amach ar an doras leis chomh ciúin agus a thiocfadh leis a ghabháil. Chuaigh sé isteach ina sheomra féin.

'An bhfuair tú giota bia domh?' arsa Peadar leis.

'Fuair,' arsa Conall, 'ach d'fhág mé sa tseomra contráilte é agus cuirfidh siad an bheirt againn abhaile maidin amárach.'

'Ó, bhal,' arsa Peadar, 'ní bheidh mise beo ar maidin, leis an ocras.'

Istigh sa tseomra eile, thiontaigh an bhean sa leaba agus leag sí an babhla a d'fhág Conall sa leaba idir an bheirt acu. Pota cáfraithe a bhí thíos ag an tine, ach shíl Conall gur pota bracháin a bhí ann. Mhúscail fear an tí agus d'fhiafraigh sé dá bhean caidé a rinne sí sa leaba.

'Ní dhearna mise dadaidh,' arsa sise. 'Tú féin a rinne é.'

'Ní dhearna mise é!' arsa an fear. 'Gabh síos leis an bhraillín sin agus gabh amach go dtí an sruthán atá ar chúl an tí agus nigh í, nó beidh an bheirt againn náirithe ar maidin.'

Síos an staighre leis an bhean agus an bhraillín léithe, agus gan uirthi ach léine mhór bhán, chomh ciúin agus a thiocfadh léithe a ghabháil ar eagla go músclódh sí na buachaillí.

'An bhfuil tú i do chodladh?' arsa Peadar.

'Níl, caidé an dóigh a dtiocfadh liomsa codladh leatsa? Gabh síos agus amharc an bhfaighidh tú giota le hithe, tú féin,' arsa Conall.

Síos an staighre le Peadar agus isteach sa chisteanach leis. Bhí Peadar chomh cíocrach leis an ocras go n-íosfadh sé rud ar bith. Bhí sé ag amharc thart agus tháinig sé ar chrúiscín le cnámh mór istigh ann ar an drisiúr. Chuir sé a lámh isteach sa chrúiscín go bhfaigheadh sé an cnámh amach as ach ní thiocfadh leis a lámh a fháil amach. Suas an staighre agus isteach sa tseomra leis.

'An bhfuair tú rud ar bith le hithe?' arsa Conall.

'Ó, fuair, ach tá mo lámh greamaithe istigh sa chrúiscín seo agus ní thig liom í a fháil amach as.'

'Bhal, nach bocht an dóigh atá ort!' arsa Conall. 'An bhfuil a fhios agat caidé a dhéanfas tú? Gabh síos agus gabh amach ar an doras cúil. Tífidh tú cloch mhór bhán ag taobh an tsrutháin. Buail straiméad uirthi agus brisfidh an crúiscín. Ansin tar aníos a luí arís agus ná déan callán ar bith ar do bhealach ar ais.'

Síos an staighre le Peadar arís agus amach an doras cúil leis. Bhí sé dorcha taobh amuigh agus chonaic sé rud bán ag an sruthán agus shíl sé gurbh í an chloch mhór a bhí ann. Bhuail sé straiméad uirthi agus thit an bhean a bhí ag ní na braillíne isteach sa tsruthán. Isteach suas le Peadar go dtí an seomra agus d'inis sé do Chonall gur mharaigh sé an bhean.

'Caidé an dóigh a dtiocfadh leat sin a dhéanamh?' arsa Conall.

'Bhal,' arsa Peadar, 'inseoidh mé sin duit anois. Nuair a chuaigh mise amach an doras cúil, chonaic mé rud bán agus shíl mé gurbh í an chloch a bhí ann. Bhuail mé straiméad ar bhean an tí agus thit sí isteach sa tsruthán agus tá sí marbh.'

'Seo,' arsa Conall, 'cuir ort do chuid éadaigh agus beidh muid ag gabháil abhaile. Ní bheidh sé i bhfad go mbeidh an dlí anseo agus má fhaigheann siad greim orainn, cuirfidh siad an bheirt againn i bpríosún.'

   Amach as an teach leis an bheirt acu agus ní dhearna siad stad mara ná cónaí go raibh siad istigh i nGleann agus ní raibh ceachtar den bheirt acu i mBaile an Droichid go bhfuair siad bás.

An Bhó Riabhach

Mí Mhárta a bhí ann nuair a fuair an bhó dheireanach bás ar Shéimín Beag agus ar a bhean, Máire. Chaill Séimín trí bhó an geimhreadh sin agus ní raibh oiread agus braon bainne acu a chuirfeadh siad ar a gcuid tae. Bhí cruach bheag fhéir fágtha ag Séimín agus dúirt sé le Máire go gcaithfeadh siad bó bhainne a cheannacht lá aonaigh Bhaile an Droichid.

Bhí Séimín agus Máire ina gcónaí in áit a scairteann siad Teanga Mheá uirthi, leath bealaigh idir Baile an Droichid agus an Charraig. Bhí teach beag ceann tuí acu le cisteanach agus seomra amháin agus bóitheach an eallaigh giota beag siar ó bhinn an tí. Bhí aonach i mBaile an Droichid ar an seisiú lá fichead de mhí Aibreáin. Thosaigh Séimín agus Máire ag cruinniú suas a gcuid airgid go bhfaigheadh siad luach na bó.

Maidin dheas a bhí ann agus bhí an ghrian ag éirí os cionn Chnoc an Cheo agus na héanacha ag ceol go binn.

'Seo,' arsa Séimín le Máire, 'bí ag éirí. Rachaidh muid síos chun aonaigh go bhfeicfidh muid an mbeadh bó ansin a bheadh fóirsteanach dúinn.'

D'éirigh an bheirt acu agus ar shiúl síos chun aonaigh leofa go breá luath ar maidin. Bhíodh aonach mór i mBaile an Droichid ag an am sin. Thiocadh siad ó Inbhear go Gleann le beithígh a dhíol agus a cheannacht.

Bhíodh fir agus mná ag díol éadaí agus achan uile chineál gléasraí ansin. Is iomaí am a mhair an t-aonach go breacadh an lae lá arna mhárach. Bhí Séimín agus Máire ag coinneáil súil ghéar thart go bhfeicfeadh siad an mbeadh bó a bheadh fóirsteanach daofa ann. Ach ní raibh aon bhó fhóirsteanach ann.

Anuas an tsráid leofa agus isteach go teach tábhairne Sally

Patton go bhfaigheadh siad deoch bheag. Bhí neart deorum agus daoine ó na trí pharóiste istigh ansin ag ól agus níor mhothaigh Séimín agus Máire an t-am ag gabháil thart. Bhí sé ag teacht i ndeas d'am dinnéara nuair a chuaigh an bheirt acu suas go háit an mhargaidh agus chonaic siad bó dheas riabhach ansin.

D'fhiafraigh Séimín d'fhear a bhí ina sheasamh ansin cé leis an bhó agus dúirt sé gur leis an tseanbhean sin thall í.

Chuaigh Séimín siar a fhad leis an tseanbhean agus d'fhiafraigh sé di an raibh sí ag díol na bó riabhaí.

'Tá,' arsa an tseanbhean agus scairt sí aníos ar an ghasúr leis an ghruaig dhearg a bhí ina sheasamh ag an gheafta.

D'fhiafraigh Séimín den tseanbhean cárbh as í.

'Tá,' arsa an tseanbhean, 'tá muid inár gcónaí amuigh ar an áit a dtugtar an Siltineach uirthi os cionn na Carraige.'

'Níl sibh in bhur gcónaí ansin i bhfad,' arsa Séimín.

'Níl,' arsa an tseanbhean agus gáire magaidh uirthi.

D'amharc Séimín agus Máire go cúramach ar an bhó agus d'fhiafraigh Séimín den tseanbhean an raibh mórán bainne aici.

'Tá, maise!' arsa an tseanbhean.

Rinne Séimín agus an tseanbhean margadh agus cheannaigh Séimín an bhó riabhach. Fuair Séimín greim ar rópa a bhí ar cheann na bó agus d'fhiafraigh sé den tseanbhean an raibh ciorr ar bith ar an bhó riabhach seo.

'Bhal,' arsa an tseanbhean, 'ná ceangail choíche í le slabhra. Coinnigh cuimhne air sin. Agus ná druid doras an bhóithigh i rith an bhealaigh choíche.'

'Déanfaidh mé sin,' arsa Séimín. 'Cuirfidh mé buarach uirthi agus fágfaidh mé an doras giota beag foscailte.'

Nuair a thug siad an bhó abhaile, chuir Séimín an bhuarach uirthi. Chuaigh Máire isteach sa teach agus thug sí amach buidéal uisce coisricthe Shatharn na Cásca agus chaith sí cuid den uisce uirthi. Léim an bhó agus dhóbair gur leag sí an bhinn as an bhóitheach.

'Caithfidh sé gur scanraigh an t-uisce coisricthe í,' arsa Séimín.
   Maidin lá arna mhárach nuair a d'éirigh Máire, d'amharc sí amach agus chonaic sí dhá ghiorria ag doras an bhóithigh ach níor smaoinigh sí níos mó orthu. Mhúscail sí Séimín agus d'iarr sí air éirí. D'ith sé a bhricfeasta agus fuair sé greim ar bhuicéad beag a bhí ar an tábla go mblífeadh sé an bhó.
   Nuair a tháinig Séimín isteach ón bhóitheach, d'fhiafraigh Máire de an raibh an bhó furasta a bhligh.
   'Ó, tá,' arsa Séimín, 'ach shíl mé go mbeadh níos mó bainne aici.'
   Fuair Máire an síothlán a bhí crochta ar an bhalla ag taobh an driosúir agus shíothlaigh sí an bainne isteach i mias mhór a bhí thíos ar an tábla i ndeas don doras cúil. Thóg sí lán pandaí amach as a d'ólfadh siad lena ndinnéar agus don tae. Bhí siad chóir a bheith coicís ag cruinniú an bhainne sular bhuail siad an chéad mhaistreadh agus ní raibh mórán ime air. Mhair sé mar sin go mí an Fhómhair agus bhí an dá ghiorria le feiceáil achan uile mhaidin thart faoin bhóitheach agus cibé áit a mbíodh an bhó ag innilt.
   Tráthnóna amháin nuair a bhí Séimín ag cur isteach na bó sa bhóitheach, bhí an bhuarach briste ag an igín agus cheangail sé leis an slabhra í.
   Anois, nuair a bhí Séimín ag ceannacht na bó, d'inis an tseanbhean dó gan slabhra a chur uirthi nó gan an doras a dhruid rith an bhealaigh leis an bholta iarainn. Cibé atá faoin iarann ní thiocfadh leis na giorriacha an bainne a bhaint ó úth na bó.

Bhí an aimsir deas te agus bhí Séimín ag obair thíos sa gharraí bhán faoin teach ag cruinniú isteach féir go ndéanfadh sé coca mór. Bhí Máire ag bualadh maistreadh thuas sa teach. Bhí an doras foscailte agus tháinig seanbhean isteach. Suas go dtí an tine léithe agus shuigh sí ar chathaoir a bhí ansin.

Labhair Máire léithe ach níor chuala sí caidé a dúirt an tseanbhean.

Is é an gnás a bhí ann san am sin ná dá rachfá isteach i dteach ina mbeadh maistreadh á bhualadh, gheofá greim ar an lonaidh agus bhéarfá cuidiú do cibé duine a bheadh ag déanamh an mhaistridh. Dá mbeadh duine sa teach nach gcuirfeadh lámh ar an lonaidh, ní bheadh mórán ratha ar an mhaistreadh sin.

D'iarr Máire ar an tseanbhean greim a fháil ar an lonaidh agus is é an freagra a thug sí di nach ndéanfadh go dtí go bhfaigheadh sí an chéad deoch bhláthaí a thiocfadh amach as an chuinneog. Nuair a chuala Máire an rud a dúirt an tseanbhean, chuaigh sí amach agus chroith sí aníos ar Shéimín agus d'inis sí dó faoin tseanbhean agus an rud a dúirt sí.

'Fan go rachaidh mise isteach, bíodh geall go bhfaighidh sí greim ar an lonaidh!' arsa Séimín agus isteach ar an doras leis.

Nuair a chonaic sé an tseanbhean, shíl sé gur sin an bhean ar cheannaigh sé an bhó uaithi. Labhair sé léithe agus d'inis sé di a ghabháil síos agus greim a fháil ar an lonaidh agus dúirt sí nach ndéanfadh.

'Fan ansin!' arsa Séimín, ag gabháil amach an doras dó. Chuaigh sé síos chuig an mhíodún go bhfuair sé an forc a raibh sé ag obair leis. Bhí Máire ina seasamh sa doras agus isteach le Séimín agus an forc ina lámh leis. Nuair a chonaic an tseanbhean é ag teacht, suas go doras an tseomra léithe.

Chomh luath agus a chuaigh sí trasna leac an dorais thiontaigh sí í fhéin isteach ina giorria agus ag gabháil amach an fhuinneog bheag di chuir Séimín an forc inti. Lig sí scread aisti féin agus déarfá gur chualathas thall i gConnachta í. Agus ar shiúl léithe trasna an chaoráin ag tarraingt a coise ina diaidh.

Bhí an bhó riabhach thuas sa pháirc os cionn an tí agus nuair a chuala sí an tseanbhean ag screadaigh, chuir sí cor ina heireaball agus as go brách léithe agus achan uile bhéic aisti agus an giorria eile ag teacht ina diaidh.

Chuaigh Séimín agus Máire suas ar charraig mhór a bhí thuas ag cúl an tí go bhfeicfeadh siad cá raibh an triúr acu ag gabháil.

'Sin an dá ghiorria a bhí thart faoin bhóitheach agus a bhíodh ag ól an bhainne ó úth na bó,' arsa Séimín.

Sheas an bheirt acu ansin ag coimhéad agus ag éisteacht leis an bhó agus an tseanbhean ag screadaigh go ndeachaigh siad isteach sa Churrach Mhór ar mhullach a gcinn. Chuaigh an triúr acu as amharc agus ní fhacthas iad ní ba mhó.

Is iomaí duine a chuaigh an bealach sin ó shin agus tá an poll a ndeachaigh an triúr acu isteach ann le feiceáil go fóill.

Chuaigh Séimín agus Máire síos abhaile agus ní fhaca mise ceachtar den bheirt acu ón lá sin go dtí an lá inniu.

An Bád Mór

Tráthnóna deas i mí Mheán Fómhair sa bhliain 1840, tháinig bád mór seoil isteach go béal Chuan Thamhnaigh. Bád trí chrann a bhí inti. Chuir sí síos ancaire cúpla céad slat taobh amuigh de Charraig Caochán agus thosaigh na mairnéalaigh ag ceangal síos na seoltaí. Tháinig daoine ó dhá thaobh an chuain – fir, mná agus páistí – go bhfeicfeadh siad an bád mór a bhí ar ancaire. Bhí lasta mór ar bord an bháid seo ach ní raibh a fhios ag aon duine cá raibh sí ag gabháil.

Nuair a bhí na seoltaí ceangailte síos ag na mairnéalaigh chuir siad bád beag ar an uisce. Chuaigh ochtar acu isteach inti agus d'fhan triúr eile ar an bhád mhór. Ní raibh cé ar bith ar an Tamhnaigh ag an am sin. Tháinig an bád beag rámha isteach ar an trá i ndeas do Bhun an tSrutháin, giota beag taobh thíos de na tithe. Bhí an ghrian ag gabháil síos agus é ina bharr láin nuair a tharraing siad an bád beag suas ar an chladach. Chuaigh na mairnéalaigh siar go Baile an Droichid go bhfaigheadh siad deoch.

Bhí trí theach tábhairne ansin san am sin agus bhí síbín ar an Tamhnaigh i ndeas don áit ar a dtugtar Gort na Rann. Bhí oíche mhór ag na mairnéalaigh i mBaile an Droichid. D'ól siad neart uisce beatha agus poitín. Ar a mbealach ar ais go dtí an bád, stad siad ag an síbín ar an Tamhnaigh agus bhí cúpla deoch eile acu.

Bhíodh damhsaí i mórán tithe ag an am. Mhairfeadh an damhsa agus an ceol go bánú an lae. Giota beag síos an bealach, bhí spraoi i dteach an oíche sin. Síos leis na mairnéalaigh go dtí an spraoi.

Thart faoin cúig a chlog ar maidin, thit an ghaoth síos aniar aneas agus d'éirigh sí láidir. Bhí an spraoi i dteach Róise Bhriain agus bhí dhá dhuine dhéag amuigh ar an urlár ag déanamh rince mór nó *sappar* agus thit siad in aghaidh an bhalla cúil agus leag siad amach é. Bhí sé ag éirí an-gharbh agus an ghaoth ag séideadh agus ag láidriú.

Síos leis na mairnéalaigh go dtí an trá. Chuir siad síos an bád beag ar an uisce agus thosaigh siad ag iomramh ach bhí sé rógharbh agus ní bhfuair siad amach a fhad leis an bhád mhór.

Thuas ag teach Róise Bhriain, tháinig coire gaoithe isteach ar an pholl a rinneadh nuair a leagadh an balla agus níor fhág sé oiread agus foithnín tuí nó na creatacha nár bhain sé den teach.

Thosaigh an bád mór ag tarraingt a hancaire agus bhí sí ag teacht cóngarach do Charraig Caochán. Chuaigh na fir a bhí ag an spraoi agus na mairnéalaigh síos go ceann an phointe go bhfeicfeadh siad an mbeadh siad in inmhe cuidiú a thabhairt don triúr a bhí sa bhád mhór. Bhí sé ag scaradh oíche agus lae, é ag cur go trom, agus na saoistí ag gabháil suas ar an talamh glas. Tháinig cúpla saoiste an-mhór, chuir siad an bád mór trasna Charraig Caochán agus cuireadh an tóin suas inti. Chuir an fharraige gharbh suas an cuan í agus cúpla céad slat taobh thuaidh de Pholl an Choire, chaill sí an ballasta. Leath bealaigh idir Poll na hOitre Móire agus Carraig na mBradán a thosaigh sí ag briseadh suas. Chuala na fir a bhí ar an bhanc an triúr a bhí sa bhád ag scairtí ar tharrtháil ach ní thiocfadh leofa cuidiú ar bith a thabhairt daofa, mar bhí an fharraige rógharbh.

Lucht *coffee beans* a bhí inti agus deireadh na seandaoine gurbh as an Fhrainc a tháinig an bád.

Cailleadh an triúr a bhí ar an bhád mhór agus fuarthas a gcoirp maidin lá arna mhárach ag an áit a dtugann siad Leac na Cónra uirthi. Bhí giota mór den bhád ina luí taobh amuigh de Ghort na Rann agus bhí na heasnacha le feiceáil suas go dtí ceithre scór bliain ó shin gur cumhdaíodh iad le gaineamh.

Cuireadh an triúr a báthadh sa reilig ar na Claoine agus chónaigh an t-ochtar eile in áit ar an Chaiseal thíos cois na trá a dtugtar Páirc na bhFrancach uirthi. Bíonn an ballasta le feiceáil le rabharta mór na Féile Pádraig go fóill.

Is iomaí uair a chuala mé na seandaoine ag caint faoin mhéid *coffee beans* a bhí thart ar an trá ar an dá thaobh de Chuan Tamhnaigh. D'inis fear domh a bhí ceithre scór go leith bliain gur inis a athair mór dó gur shiúil seisean an trá nuair a bhí sé ina bhuachaill óg agus go raibh sé ag gabháil síos go dtí a dhá ghlúin i g*coffee beans*.

Is iomaí am a chuala mé na seandaoine á rá nuair a thigeadh oíche dhoineanta go mbíodh sé chóir a bheith chomh holc le hoíche Róise Bhriain.

Sin mar a chuala mise an scéal agus sin mar atá mise á insint daoibhse.

An tSeancheárta

Thart faoi dhá chéad bliain ó shin bhí ceárta ar an Chaiseal taobh thuas den tseanbhealach atá ag rith os cionn an bhaile. Thosaigh an bealach ag bun Mhalaidh Dinnil agus chuaigh sé amach chuig Loch an Chaisil agus uaidh sin isteach go Gleann.

Bhí seomra amháin ag binn na ceárta. Bhí an gabha agus a bhean agus a mbeirt mhac ina gcónaí ann. Níodh an gabha seo an uile chineál oibre, ón tsnáthaid go dtí an t-ancaire. Spádaí leis an talamh a rómhar agus liáin leis an phór a chur is mó a níodh sé. Thigeadh corrstrainséir ar a mbealach isteach go Gleann le crú scaoilte nó b'fhéidir crú úr a chur ar chapall.

Maidin dheas Domhnaigh a bhí ann agus bhí an gabha agus a chlann ag éirí le ghabháil chun Aifrinn. D'amharc an gabha amach ar an doras agus chonaic sé fear agus capall leis ag teacht aníos an bealach.

'Tar anseo,' arsa an gabha lena bhean, 'go bhfeicfidh tú cé hé seo atá ag teacht agus capall leis an t-am seo 'mhaidin.'

'Níl a fhios agam,' arsa an bhean. 'Ach cibé é féin, tá an capall sin bacach agus ní thig leatsa dadaidh a dhéanamh dó inniu.'

Fear rua a bhí ann agus aníos leis go doras na ceárta. Bhuail sé ar an doras. Tháinig an gabha amach agus d'fhiafraigh sé den fhear caidé a bhí de dhíth air.

'Tá,' arsa an fear rua, 'ag teacht aníos Malaidh Dinnil dúinn, chaill mo chapall crú agus tá sé bacach. Ba mhaith liom go gcuirfeá crú air.'

'Bhal,' arsa an gabha, 'an Domhnach atá ann agus ní dhéanaimse obair ar bith ar an Domhnach.'

'Ach,' arsa an fear rua, 'tá bealach fada agam le ghabháil agus ní bheidh mo chapall in inmhe é a shiúl.'

Tháinig bean an ghabha agus a beirt mhac amach an doras agus dúirt sí leis an ghabha go raibh siad ag gabháil síos chun Aifrinn.

'Ó,' arsa an fear rua, 'bheinn an-bhuíoch dá gcuirfeá an crú ar mo chapall.'

'Ní bheidh rath ar aon duine a níos obair inniu,' arsa an bhean agus iad ag imeacht síos an bealach.

'Rachaidh mise síos,' arsa an gabha, 'nuair a chuirfeas mé an crú ar an chapall.' Bhí sé ag smaointiú go bhfaigheadh sé toistiún le bia a cheannacht mar ní raibh sé furasta airgead a fháil ag an am. Las an gabha an tine agus tharraing an fear rua slabhra na mbolg. Nuair a bhí an teallach breá dearg, chuir an gabha isteach giota iarainn agus rinne sé crú deas dó agus chuir sé ar an chapall é.

Nuair a bhí an gabha críochnaithe, d'inis an fear rua dó nach raibh airgead ar bith aige ach go mbeadh bonn ina phóca maidin amárach. D'inis an fear rua don ghabha gan a inse d'aon duine beo caidé a fuair sé. Chuaigh sé suas ar dhroim an chapaill, d'fhág sé slán ag an ghabha, is d'imigh sé leis amach an bealach.

Tamall beag ina dhiaidh sin tháinig a bhean agus an dá mhac abhaile ón Aifreann.

'Ní dheachaigh tú síos,' arsa an bhean.

'Ní raibh mé críochnaithe in am,' arsa an gabha.

'An bhfuair tú airgead ar bith?' arsa an bhean, agus í ag smaointiú nach raibh mórán airgid sa teach.

'Ní bhfuair mé a dhath uaidh, ach an duine bocht, bhí bealach fada roimhe agus bhí sé tuirseach,' arsa an gabha.

'Bhí sé tuirseach agus gan airgead ar bith aige, ach ní chuirfidh sin bia ar an tábla dúinne,' arsa an bhean agus í cineál mhíshásta.

Maidin lá arna mhárach, nuair a bhí an gabha ag cur air a chuid éadaigh, chuir sé a lámh ina phóca agus fuair sé gine óir. Smaointigh sé ar an rud a d'inis an fear rua dó. Síos leis go Baile an Droichid agus cheannaigh sé mála de mhin chruáil agus fuair sé briseadh as an ghine óir. Fuair sé an gine céanna ina phóca achan uile mhaidin go ceann seachtaine.

D'fhiafraigh an bhean dó cá raibh sé ag fáil an airgid agus dúirt an gabha léithe nach dtiocfadh leis sin a inse di.

'Bhal,' arsa an bhean, 'tá mise ag gabháil a inse don tsagart agus tiocfaidh sé aníos anseo i ndiaidh an Aifrinn Dé Domhnaigh.'

Nuair a bhí an tAifreann thart, labhair an bhean leis an sagart agus aníos leofa go dtí an cheárta.

'Caidé seo a chuala mé,' arsa an sagart leis an ghabha, 'go bhfuil tú ag fáil mórán airgid?'

'Tá,' arsa an gabha agus d'inis sé an scéal faoin fhear rua agus an gine óir a bhíonn ina phóca achan uile mhaidin.

'Ní dea-dhuine a bhí insan fhear rua seo a thug an gine óir duit,' arsa an sagart. 'Caithfidh tú réitithe a fháil den ghine sin agus inseoidh mé duit caidé a dhéanfaidh tú leis. Gabh amach go dtí an spinc is airde ar chúl Tamhnaigh agus caith chomh fada agus a thig leat é in aghaidh na hurchóide.'

Amach leis an ghabha bhocht, síos an mhalaidh leis agus trasna na habhann agus ní dhearna sé stad mara ná cónaí go raibh sé amuigh ag Spinc na bhFaoileog, an áit is airde ar chúl

Tamhnaigh. Chaith sé an gine óir amach in aghaidh na hurchóide.

Ní raibh iarraidh bia nó dí orthu go bhfuair siad bás agus cuireadh iad i Reilig Chill na Stuaic ar an Chaiseal agus tá áit na seancheárta le feiceáil go fóill.

Cnapastún, Rí na Sióg

Tá áit i bparóiste Cill Charthaigh a dtugtar an Mhucros uirthi agus thart faoi chúpla céad bliain ó shin bhí mórán sióg ina gcónaí ann. Bhí an chuid is mó acu faoi na hailt – ó Alt an Tairbh go Fir Lagaigh agus uaidh sin go Trá Lobhair. Bhíodh na siógaí amuigh mórán oícheanta gealaí ag damhsa agus callán go leor acu. Bhí Rí na Sióg ina chónaí ar chnoc ard atá os cionn Thrá Lobhair i ndeas don bhealach atá ag gabháil síos go Ceann Mhucrois. Cnapastún an t-ainm a bhí air. Bhí tobar deas fíoruisce ar bharr an chnoic aige le fál sceach thart faoi dtaobh de.

Ag an am sin, bhí siógaí i mórán áiteacha fríd Éirinn agus ba mhinic a bhíodh cogadh acu ó áit go háit. Bhíodh áiteacha uaisle acu sna cnoic agus sna hailt cois farraige i gcomhair cruinnithe agus damhsaí. Duine ar bith a rachadh de chóir na n-áiteacha uaisle seo ní bheadh mórán ratha orthu.

Bhí fear agus bean ina gcónaí i ndeas do Cheann Mhucrois. Micí Mór agus Bidí Mhucrois na hainmneacha a bhí orthu. Bhí Micí ina fhear mór modhúil agus bhí Bidí ina bean chroíúil. Beirt fhidléirí a bhí iontu agus is iomaí uair a chuala Micí Mór agus Bidí na siógaí ag damhsa ag cúl an tí nuair a bhíodh siad ag seinm.

Oíche amháin, bhí Bidí istigh sa teach léithe féin. Thug sí anuas an fhidil a bhí crochta ar an bhinn ag taobh na tineadh agus thosaigh sí ag seinm. Chuala sí an callán taobh amuigh den teach ach shíl sí gur Micí Mór a bhí ann. Nuair nach dtáinig sé isteach, stad sí ag seinm. D'fhág sí an fhidil ar an tábla. Chuaigh sí síos go dtí an doras go bhfeicfeadh sí cá raibh an callán ag teacht as.

Nuair a d'oscail sí an doras bhí scaifte siógaí taobh amuigh. Labhair Cnapastún, Rí na Sióg, le Bidí. D'fhiafraigh sé di an seinnfeadh sí cúpla tiúin daofa.

'Déanfaidh,' arsa Bidí. 'Tarraigí isteach.' Agus fuair sí greim ar an fhidil a bhí ar an tábla. Thosaigh sí ag seinm agus thosaigh na siógaí ag damhsa. Mhair siad mar sin go raibh sé de chóir an mheán oíche.

'Anois,' arsa Cnapastún le Bidí, 'tabhair domh an fhidil agus seinnfidh mé tiúin duit agus thig leat í a fhoghlaim.'

Sheinn sé an tiúin. Bhí cluas mhaith ag Bidí don cheol. Thug Cnapastún an fhidil ar ais di agus d'iarr sé uirthi í a sheinm dó.

'Sin tiúin nach ndéanfaidh tú dearmad uirthi choíche agus bhéarfaidh muid tiúin Bhidí Mhucrois uirthi,' arsa Cnapastún agus iad ag gabháil amach ar an doras.

Tamall beag ina dhiaidh sin tháinig Micí Mór abhaile.
'Ní dheachaigh tú a luí go fóill?' arsa Micí.
'Ní dheachaigh,' arsa Bidí, 'bhí mé ag foghlaim tiúin úr.' Agus fuair sí greim ar an fhidil agus sheinn sí an tiúin do Mhicí.
'Sin tiúin dheas,' arsa Micí. 'Cé a d'fhoghlaim an tiúin sin duit?'
'Tá,' arsa Bidí. 'Cnapastún, Rí na Sióg, a d'fhoghlaim domh í.'
Ach níor chreid Micí Mór í.
Cúpla lá ina dhiaidh sin, bhí Micí Mór ag gabháil chun an

phortaigh le lód mónadh a thabhairt abhaile. An geimhreadh a bhí ann agus bhí na laethanta gairid. Bhí sé ag éirí dorcha nuair a d'fhág Micí an portach agus lód maith mónadh leis. Bhí gearrán deas lúfar ag Micí. Bhí a fhios aige nach mbeadh sé i bhfad ag gabháil abhaile. Oíche dheas ghealaí a bhí ann. Nuair a bhí Micí ag teacht i ndeas don bhaile, anuas malaidh na scoile, sheas an gearrán agus ní rachadh sé níb fhaide. Fuair Micí greim cinn air ach ní chorródh sé. D'amharc Micí suas taobh an chnoic, áit a raibh léana glas ann agus chonaic sé scaifte mór siógaí ag reathaigh i ndiaidh a chéile agus callán acu. Tháinig sióg amháin anuas go taobh an bhealaigh. Labhair sé le Micí agus d'fhiafraigh sé de cúpla tiúin a sheinm daofa ar an fhidil.

'Mise Cnapastún, Rí na Sióg,' arsa seisean.

Bhí cóta deas glas air agus coróin óir ar a cheann. Ní raibh a fhios ag Micí caidé le déanamh. Bhí eagla air go dtabharfadh siad ar shiúl é.

'Fan,' arsa Micí, 'caithfidh mé mo ghearrán a cheangal.'

'Fág do ghearrán. Ní rachaidh sé ar shiúl,' arsa Cnapastún. 'Siúil leat! Beidh oíche go maidin againn anseo.'

'Caidé an cineál oíche atá ag gabháil a bheith agaibh?' arsa Micí.

'Tá,' arsa Cnapastún, 'tá mo mhacsa agus iníon an Bholcáin as barr ghleann an Bhaile Dhuibh le pósadh anseo anocht.'

Shiúil an bheirt acu suas taobh an chnoic go raibh siad ag an léana glas.

'Anois,' arsa Cnapastún, 'fan go bhfaighidh mé fidil duit.' Tharraing sé feochadán a bhí ag fás ag taobh cloch mhór a bhí ansin. Dúirt Cnapastún cúpla focal ach ní raibh a fhios ag Micí caidé a dúirt sé. Shín Cnapastún an fhidil chuige ba deise agus ab fhearr ar sheinn Micí uirthi ariamh.

Pósadh an lánúin agus thosaigh Micí ag ól agus ag seinm ar an fhidil go ndearna sé dearmad cá raibh sé. Bhí sé ag éirí mall. Níor tháinig Micí abhaile ón phortach agus ní raibh a fhios ag Bidí caidé a bhí á choinneáil ach smaointigh sí go mb'fhéidir go ndeachaigh sé isteach go bhfaigheadh sé deoch nuair a bhí sé ag teacht fríd Bhaile an Droichid.

'Ó, bhal, beidh mise ag gabháil a luí agus tiocfaidh sé ar ball,' arsa Bidí léithe féin.

Bhí go maith is ní raibh go holc, an deorum a bhí ag gabháil os cionn mhalaidh na scoile ag Micí agus ag na síógaí, bhí sé ag gabháil mar a bheadh cath ann ag an am seo.

Tháinig Cnapastún anall a fhad le Micí agus gloine mhór eile uisce beatha leis. 'Ól seo, cuirfidh sé brí ionat,' arsa seisean.

Fuair Micí greim ar an ghloine agus níor fhág sé oiread is striog sa ghloine nár ól sé.

Bhí sé ag teacht i ndeas do scaradh oíche agus lae nuair a tháinig coire gaoithe agus ní raibh Cnapastún ná na síogaí le feiceáil, ach Micí thuas ar an chnoc os cionn mhalaidh na scoile agus feochadán ina lámh.

Anuas le Micí ó thaobh an chnoic agus fuair sé greim ar cheann an ghearráin. Chuaigh sé síos abhaile agus lód maith mónadh leis. Agus ní fhaca Micí Cnapastún ná na síogaí ón oíche sin go bhfuair sé bás.

Tá tobar Chnapastún le feiceáil ar an Mhucros go fóill.

An Fear Siúil

Cúpla céad bliain ó shin bhí fear siúil ag gabháil thart agus beartín ar a dhroim leis. Ní raibh iomrá ar bith ar ghluaisteáin san am sin ná fiú ar rothair. Bhí mórán fear mar seo ag gabháil thart agus iad ag díol éadaí agus an uile chineál earraí. Nuair a thigeadh siad chuig áit ina mbeadh mórán daoine ina gcónaí, d'fhanadh siad ansin ar feadh cúpla lá go ndíolfadh siad an beartín a bhí leofa.

Micheál an t-ainm a bhí ar fhear amháin acu. Ní raibh sé bocht ach bhí sé ag iarraidh cúpla punt a shaothrú. Deireadh daoine ón pharóiste seo go dtáinig Micheál as na Rossa. Fear deas modhúil a bhí ann agus bhí aithne air ag an chuid is mó de na daoine i bparóiste Chill Charthaigh. Is é an gnás a bhí i bparóiste Chill Charthaigh ag an am sin ná dá mbeadh duine mar sin ag gabháil thart, go gcoinneofaí iad sa cheantar.

Mí na Nollag a bhí ann agus bhí na laetha gairid nuair a tháinig Micheál bocht go Baile an Droichid. Bhí drochaimsir ann agus d'fhan Micheál sa cheantar trí lá gur dhíol sé an chuid is mó de na héadaí a bhí leis.

D'fhág Micheál Baile an Droichid ar an tríú lá thart faoi am dinnéara, ag gabháil suas bealach Chaiseal Charn agus dhíol sé chóir a bheith deireadh an bheartín ansin. Shiúil Micheál siar an bealach go dtáinig sé chuig croisbhealach ag bun Ghleann an Bhaile Dhuibh. Bhí sé ag éirí dorcha agus é ag cur cith trom fearthainne agus ní raibh aige ach cúpla píosa le díol. Suas an bealach leis go dtáinig sé a fhad leis an chabhsa mhór a bhí ag gabháil suas go dtí na tithe in Iomascan.

'Dia dhaoibh anseo,' arsa Micheál, ag gabháil isteach ar dhoras Mháire Shéamuis.

'Ó, muise, fáilte romhat. Nach cruaidh thú a bheith amuigh oíche mar seo,' arsa an tseanbhean a bhí sa chlúid. 'Seo, tar aníos agus triomaigh thú fhéin ag an tine, tá tú mar an aoileach ann.'

'Cá ndeachaigh an uile dhuine anocht?' arsa Micheál, agus é ina sheasamh ar leac na tineadh.

'Tá,' arsa an tseanbhean, 'inseoidh mé sin duit. Tá oíche mhór siar an baile agus dá rachfá siar, dhíolfá cibé atá leat sa mhála sin.'

Thug Micheál buíochas don tseanbhean. Ag gabháil amach an doras, thiontaigh sé thart agus dúirt sé léithe go bhfeicfeadh sé í i mí Mhárta dá mbeadh sé beo slán.

Siar leis go dtáinig sé go teach an spraoi. Isteach ar an doras leis lena mhála beag. Chuir bunadh an tí fáilte roimhe agus rinne bean an tí braon deas tae dó. Bhí triúr fidléirí ag seinm agus bhí scaifte mór buachaillí agus cailíní ansin ag ceol agus ag damhsa. Cheannaigh bean an tí agus comharsa na giotaí beaga éadaigh a bhí fágtha aige ina mhála. Bhí lúcháir mhór ar Mhicheál nuair a bhí deireadh réitithe aige agus go dtiocfadh leis a bheith ag gabháil abhaile. Chuaigh Micheál amach go bhfeicfeadh sé caidé an cineál oíche a bhí ann ach bhí sé ag stealladh fearthainne.

D'fhiafraigh Micheál d'fhear an tí an dtiocfadh leis fanacht anseo go nglanfadh an lá agus dúirt an fear leis go dtiocfadh. Bhí Micheál ina cheoltóir maith agus thosaigh sé ag ceol agus ag damhsa agus níor mhothaigh sé go raibh an lá ag glanadh. Bhí mórán daoine óga ón dá pharóiste ag an spraoi an oíche sin.

Ar maidin d'fhág Micheál slán ag fear an tí agus thosaigh sé ar an bhealach go hArd an Rátha amach casán Mhaol na nDamh. Bhí an t-airgead gann sna blianta sin ach bhí sparán maith le Micheál agus é ag gabháil amach an casán uaigneach seo.

Ní raibh iomrá ar bith ar an duine bocht ina dhiaidh sin agus ní fhacthas é ar feadh tamall fada. Bhí bunadh na háite ag déanamh iontais nuair nach raibh sé ag teacht thart. Dhá bhliain go leith ina dhiaidh sin, bhí fear as an Ghleann ag cruinniú anuas a chuid caorach le hiad a lomadh. Shuigh an fear síos ar thúrtán le scríste a ghlacadh agus chonaic sé giota éadaigh i scoilteadh a bhí sa talamh giota beag taobh thíos dó. Chuaigh an fear síos agus fuair sé greim ar an éadach. Chonaic sé gur cnámha duine a bhí curtha ansin. Chuaigh sé síos go Baile an Droichid agus d'inis sé an scéal don tsagart. Thosaigh an sagart agus an fear ar a mbealach go Maol na nDamh, an áit a raibh an corp curtha.

'Anois,' arsa an fear leis an tsagart, 'b'fhéidir go mb'fhearr dúinn cónair a fháil leis an chorp a thabhairt anuas go dtí Teach an Phobail.'

Chuaigh an sagart isteach i gceardlann a bhí ansin. D'fhiafraigh sé den siúinéir an mbeadh cónair réidh aige agus dúirt an siúinéir go raibh.

Chuir an siúinéir an chairt ar an chapall, chuir sé an chónair ar an chairt, agus ar shiúl leofa suas Gleann an Bhaile Dhuibh. Bhí scaifte mór daoine leofa go Maol na nDamh agus dúirt an sagart an paidrín san áit a raibh an corp curtha. Thóg siad an corp agus chuir siad sa chónair é. Bhí a fhios ag na fir a bhí ansin gur Micheál, an fear siúil, a bhí ann. Tugadh síos an corp go Teach Pobail Bhaile an Teampaill agus cuireadh sa reilig ansin é, i ndiaidh an Aifrinn maidin lá arna mhárach.

Is cosúil go raibh an gadaí ag fanacht ar Mhicheál san áit a bhfuarthas an corp. Ní bhfuarthas aon duine ó shin agus cibé duine a mharaigh Micheál bocht, tá a shíocháin féin curtha le fada, go ndéana Dia trócaire orthu. Scéal fíorthruacánta é seo agus mise á inse daoibhse mar a chuala mise é.

Dónall agus na Cait

Sa bhliain 1885 thosaigh Dónall Shéamais Bháin ag iascaireacht. Ní raibh mórán céille ag Dónall faoi bháid nó níor shuigh sé ar an tafta ariamh agus ní raibh a fhios aige cé acu ceann den mhaide rámha a chuirfeadh sé san uisce.

Ba le Tomás Shusie Mhór an bád. Bád seoil a bhí inti. Fear mór láidir a bhí ann agus caibín maith féasóige air. Bhí foireann mhaith éasca leis. Bhí seisear d'fhoireann sa bhád, triúr as an Chill Bhig, beirt as an Chaiseal agus Dónall Shéamais Bháin as an Bhaile Bhuí. Bhí siad ag gabháil ag iascaireacht le dorgaí beaga agus bhí bascáid le achan uile fhear den fhoireann a bhí sa bhád.

Bhíodh an bád ar ancaire thíos ag an Ghobán Liath, ar an taobh ó thuaidh de Chuan Thamhnaigh. Ní raibh iomrá ar charr ná ar tharracóir ag an am sin le gléasraí iascaireachta a thabhairt chun an chladaigh, ach bhíodh acu achan uile ghléas a iompar ar a ndroim.

Bhí Dónall pósta le bliain go leith. Bhí a bhean ag iompar clainne. Bhí a anás féin ar an duine bocht.

Bhí siad le ghabháil amach maidin lá arna mhárach, ach bhí acu le baoití a fháil. Síos an mhalaidh leis an seisear acu agus trí bhuicéad leofa agus amach ar an Chúl Trá go raibh siad thíos ag Cloch na bPartán. Thosaigh triúr acu ag rómhar amach an gaineamh agus thóg an triúr eile na slugaí go raibh na trí bhuicéad lán.

Bhí na bascáidí déanta de shlatacha agus bhí an taobh deiridh thart faoi cheithre horlaí ar airde agus toiseach na bascáide cothrom le dhá pholl, ceann ar an uile thaobh den bhascáid, lena hiompar. Bhí ceithre chéad duán ar an dorga agus bhí feá amháin idir achan uile dhuán. Thosaigh an seisear acu ag cur na mbaoití ar na duáin ag toiseach na bascáide.

Chuaigh siad amach go breá luath maidin lá arna mhárach agus chuir siad na dorgaí idir Gobán na Builge agus an Choinnealra, thíos ar chúl Shliabh Liag. Ní raibh Dónall bocht ábalta obair ar bith a dhéanamh leis an tinneas farraige a bhí air, ach é ina shuí thíos ar thóin an bháid agus é ag guí Dé go mbeadh sé ar thalamh tirim.

Bhí ceithre mhaide rámha ar an bhád agus Tomás ar an stiúir agus Dónall ina luí ar thóin an bháid agus iad ar a mbealach síos leis na dorgaí a thógáil. Nuair a bhí siad thíos ag Gobán na Builge arís, thosaigh siad ag tógáil na ndorgaí.

Bhí iasc ar achan uile dhuán a bhí ar an dorga agus bhí na faoitíní agus na hadógaí thart faoi cúig phunt meáchain. Bhí bád maith láidir ag Tomás Shusie Mhór agus nuair a bhí na dorgaí tógtha acu bhí sí luchtaithe. Chuir siad na seoltaí uirthi agus thosaigh siad ar a mbealach abhaile.

Nuair a tháinig siad isteach fhad leis an ché, léim Dónall amach agus arsa seisean, 'Buíochas do Dhia, tá mé ar thalamh tirim.'

Bhí fear i mBaile an Droichid, a bhíodh ag ceannacht éisc agus Hagadaí an t-ainm a bhí air. Chuir siad na héisc amach ar an ché agus líon siad dhá scór go leith bosca agus cheannaigh 'Hagadaí' an t-iomlán. Bhí an aimsir ciúin agus dúirt Tomás leis an fhoireann go rachadh siad chuig an trá le buicéad slugaí a fháil, go mbeadh trí bhascáid baoití acu le ghabháil amach maidin amárach. D'iarr Tomás ar Dhónall fanacht sa bhaile amárach agus go mbeadh na trí bhascáid eile baoití aige.

Dúirt Dónall go ndéanfadh sé sin agus bhí lúcháir air nuair nach raibh aige le ghabháil amach sa bhád. Thug Dónall na trí bhascáid dorgaí leis suas abhaile go mbeadh siad réidh le ghabháil chuig an chladach anóirthear. Maidin lá arna mhárach chuaigh an bád amach ag iascaireacht agus chuaigh Dónall chuig an trá go bhfaigheadh sé na slugaí.

Nuair a bhí an buicéad lán aige tháinig sé aníos abhaile agus níor stad an duine bocht go raibh sé críochnaithe leis na trí bhascáid dorgaí. D'fhág sé an triúr acu ag balla cúil na cisteanaí agus iad baoiteáilte. Bhí áthas ar Dhónall leis féin nuair a bhí sé críochnaithe agus nach raibh aige le ghabháil amach sa bhád ar eagla go mbeadh tinneas farraige air. Chuir sé síos an citeal ar an tine go bhfaigheadh sé féin agus Máire braon tae ach ní raibh an citeal ag fiuchadh gur scairt Máire air.

'Bí ar shiúl síos leat go Baile an Droichid agus inis don bhanaltra a theacht aníos go hachomair.'

Amach le Dónall ar an doras agus scairt sé le Bríd Aindí Rua, comharsa béal dorais, a theacht anall a fhad le Máire agus ar shiúl leis féin ag reathaigh síos an bealach agus a bhairéad leis ina lámh.

Cúpla uair an chloig ina dhiaidh sin, bhí iníon óg ag Máire agus thosaigh Dónall ag réiteach thart faoin chisteanach. Bhí teach cairte siar ó bhinn an tí agus bhí cairt asail istigh ann.

D'fhág Dónall na trí bhascáid dorgaí amuigh ar leaba na cairte go cúramach ach ní raibh doras ar bith ar theach na cairte.

Chruinnigh na comharsana isteach tigh Dhónaill agus Mháire an oíche sin agus bhí deoch bheag acu agus níor fhág siad go raibh sé de chóir an mheán oíche.

Thart faoin seacht a chlog maidin lá arna mhárach chuaigh an bheirt fhear as an Chaiseal amach go Baile Buí le cuidiú le Dónall na dorgaí a thabhairt chuig an chladach.

Nuair a tháinig an bheirt fhear anuas os cionn an tí, ní fhaca siad radharc mar seo ariamh. Ní raibh aon chat faoi na trí bhaile nach raibh greamaithe ar na duáin agus na dorgaí ó cheann go ceann an bhaile. Nuair a chuala Tomás Shusie Mhór an scéal go raibh na dorgaí a bhí ar na trí bhascáid scaipthe fríd na claíocha agus na driseogaí thuas ar an Bhaile Bhuí leis na cait agus nach dtiocfadh leis dul ag iascaireacht, bhí an-fhearg air. Chuaigh Tomás suas abhaile agus thug sé anuas cúpla punt páighe a bhí saothraithe ag Dónall agus d'inis sé dó fanacht sa bhaile leis na cait agus sin mar fuair an baile an leasainm, Cait an Bhaile Bhuí.

Níor chuir Dónall Shéamais Bháin a chos isteach i mbád go bhfuair sé bás.

An Ministir Cam

Bhí sin ann agus is fadó bhí, dá mbeinn ann an t-am sin ní bheinn ann anois. Ach dá mbeinn gan scéal chumfainn féin scéal.

Seal maith blianta ó shin bhí cúpla ina gcónaí i ndeas do Bhaile an Droichid is bhí beirt mhac acu. Bhí an chuid is mó de na daoine bocht ag an am sin. Ní raibh acu ach bó agus gamhain is ní raibh sé furasta an cíos a dhíol agus giota bia a chur ar an tábla.

Lá amháin, dúirt an buachaill ba shine lena athair agus lena mháthair go raibh sé ag gabháil ar aimsir. Seán an t-ainm a bhí air.

Maidin lá arna mhárach, go breá luath, d'éirigh Seán. Chuir sé air a chuid éadaigh agus a bhróga agus chuir sé cúpla giota aráin isteach i mála a bhí aige. D'fhág sé slán ag a bhunadh.

Ag gabháil amach an doras dó, scairt a mháthair leis, 'Cuir ort an t-uisce coisricthe agus go gcuire Dia abhaile slán thú!'

Maidin dheas thirim i mí Eanáir a bhí ann is ní dhearna sé stad mara ná cónaí go raibh sé i mBaile Dhún na nGall. Lá aonaigh a bhí ann is bhí mórán daoine agus beithíoch ansin. Ní raibh Seán chomh fada ó bhaile ariamh. Shuigh sé síos ar chlaí a bhí ansin le giota aráin a ithe. Ní raibh sé i bhfad ina shuí nuair a tháinig fear le cóta deas dubh agus hata ard air a fhad leis. D'fhiafraigh sé de Sheán an rachadh sé ar aimsir leis.

'Rachaidh,' arsa Seán. Agus rinne siad margadh.

Ministir a bhí san fhear seo agus bhí teach mór agus gabháltas talaimh aige ag bun na gCruacha Gorma.

'Seo,' arsa an Ministir, 'beidh muid ag gabháil abhaile.' Bhí capall agus carr deas aige agus d'iarr sé ar Sheán a ghabháil suas ar an charr. D'imigh siad leofa go dtáinig siad go dtí an teach mór.

'Anois,' arsa an ministir, 'is é an margadh a rinne muid go mbeidh tú anseo go dtí an lá deireanach de Dheireadh Fómhair. Bhéarfaidh mé do pháighe duit agus thig leat a ghabháil abhaile.'

'Tá sin ceart,' arsa Seán.

Maidin lá arna mhárach, thosaigh Seán ar a chuid oibre ó bhreacadh an lae go dorchadas agus ní bhfuair sé mórán le hithe

ach cúpla práta agus braon bláthaí. Bhí mórán eallaigh ag an Mhinistir agus bhí cruach mhór fhéir le sábháil aige. Bhí bean an Mhinistir an-olc do Sheán bocht agus leath bealaigh fríd an fhómhar fuair Seán bás.

Thug a athair agus fear comharsan a chorp anuas ar chairt bheithígh agus cuireadh sa reilig ar na Claoine é.

Bhí Tomás, an dara mac, ina bhuachaill breá láidir, é cúig bliana déag d'aois. Dúirt sé lena athair go gcuirfeadh sé múineadh ar an Mhinistir agus ar a bhean faoin dóigh ar mharaigh siad a dheartháir Seán leis an ocras.

'Bí faichilleach, ar eagla go ndéanfadh siad an rud céanna leatsa a rinne siad le Seán.'

'Beidh mise cúramach,' arsa Tomás. 'Nuair a bheas mise críochnaithe leofa ní bheidh ceachtar den bheirt acu chomh cam is a bhí siad le Seán bocht.'

D'fhiafraigh Tomás dá mháthair an gcuirfeadh sí giota aráin isteach i mála dó.

'Déanfaidh,' arsa an mháthair agus rinne sí toirtín beag deas dó.

Maidin lá arna mhárach d'fhág Tomás slán ag a bhunadh.

Thug sé leis a chuid aráin, chuir air an t-uisce coisricthe agus amach an doras leis ar a bhealach go Dún na nGall.

Ar ndóigh, ní raibh Tomás ariamh sna Cealla, chan amháin i nDún na nGall, ach gur inis a athair dó an bealach ceart le ghabháil go teach an Mhinistir. Lá deas fada san fhómhar a bhí ann agus ní dhearna sé stad mara ná cónaí go raibh sé ag teach mór an Mhinistir.

Bhuail Tomás ar an doras agus tháinig an Ministir amach.

D'fhiafraigh sé de caidé a bhí de dhíth air.

'Chuala mé,' arsa Tomás, 'go raibh tú ag iarraidh buachaill aimsire.'

'Tá,' arsa an Ministir agus d'iarr sé ar Thomás a theacht isteach.

'Anois,' arsa Tomás, 'caithfidh muid margadh a dhéanamh.'

'Déanfaidh muid sin,' arsa an Ministir.

'Déanfaidh mise mo chuid oibre anseo ón lá amárach go dtí go gcluinfidh mé an chuach i mí na Bealtaine,' arsa Tomás. 'Agus caithfidh tú trí ghine óir a thabhairt domh nuair a bheidh mé ag gabháil abhaile.'

'Ní tú margadh cruaidh,' arsa an Ministir.

'Bhal,' arsa Tomás, 'cuirfidh mé dóigh eile air. Muna mbíonn fearg ort le mo chuid oibre ní bheidh oiread agus leathphingin rua agat le tabhairt domh nuair a chluinfeas mé an chuach. Ach an chéad am a thiocfas fearg ort caithfidh tú mo pháighe a thabhairt domh agus beidh mise ag gabháil abhaile.'

Bhí an ministir seo chomh cruaidh leis na clocha agus, mar a deir siad, ní chaithfeadh sé dadaidh ar shiúl. Gheall sé do Thomás go ndéanfadh sé sin.

Thosaigh Tomás ag obair lá arna mhárach agus bhí sé ag smaointiú caidé an dóigh a mbrisfeadh sé croí an Mhinistir.

Ní raibh a fhios ag an Mhinistir gur dearthair Sheáin a bhí ar aimsir aige. Bhí go maith is ní raibh go holc go dtáinig an geimhreadh agus go raibh an t-eallach ceangailte istigh sa bhóitheach acu. Thuas ar chúl an bhóithigh bhí tobar. Chuireadh Tomás suas na beithígh gach lá go bhfaigheadh siad deoch.

Bhí an casán an-bhog agus bhí na beithígh salach gach lá ag gabháil isteach sa bhóitheach daofa. Lá amháin, d'inis an Ministir do Thomás go gcaithfeadh sé rud inteacht a dhéanamh faoin chasán a bhí ar chúl an bhóithigh do chosa na mbeithíoch.

'Déanfaidh mise sin,' arsa Tomás.

'Tá súil agam go mbeidh sé críochnaithe agat nuair a thiocfas mé abhaile,' arsa an Ministir.

Bhí Tomás ag smaointiú caidé an dochar a dhéanfadh sé agus isteach sa bhóitheach leis. Chonaic sé sábh thuas ar cheann an bhalla. Thug sé anuas an sábh agus ghearr sé na cosa den uile bhó a bhí ansin agus chaith sé iad ar an chasán bhog a bhí ar chúl an bhóithigh.

Tháinig an Ministir abhaile tráthnóna agus d'fhiafraigh sé de Thomás ar chóirigh sé an casán.

'Chóirigh,' arsa Tomás.

Amach suas leis an Mhinistir go bhfeicfeadh sé caidé an cineál cóirithe a chuir sé air. Nuair a chonaic an Ministir an dochar a rinne Tomás, chuir sé a cheann isteach ar dhoras an bhóithigh, lig sé béic as agus anuas leis agus mearadh air.

'Caidé a rinne tú leis an eallach?' arsa an Ministir.

'Tá,' arsa Tomás. 'Chóirigh mé an casán le cosa na mbeithíoch mar d'inis tú domh. An bhfuil fearg ort?'

'Níl,' arsa an Ministir.

Bhí eagla air go mbeadh aige a pháighe a thabhairt dó agus go dtiocfadh le Tomás a ghabháil abhaile. Isteach leis an Mhinistir sa teach mór agus arsa seisean lena bhean, 'Cuirfidh an buachaill seo amach as teach agus baile muid mura bhfaighidh muid réitithe leis.'

'Sílim gur amadán atá sa bhuachaill seo agus caithfidh muid smaointiú caidé a dhéanfas muid leis,' arsa an bhean.

'Tá,' arsa an Ministir, 'rachaidh mise siar anocht agus bhéarfaidh mé anall do mháthair. Cuirfidh muid suas sa chrann mhór í atá amuigh sa gharraí go luath maidin amárach agus thig léithe "Cú-Cú-Cú-Cú" a cheol. Nuair a chluinfeas Tomás an chuach, rachaidh sé abhaile agus ní bheidh oiread agus leathphingin rua againn le tabhairt dó.'

'Déanfaidh muid sin,' arsa an bhean.

Nuair a tháinig dorchadas na hoíche chuaigh an Ministir siar agus thug sé an tseanbhean aniar. Maidin lá arna mhárach ag breacadh an lae, chuir an Ministir agus a bhean an tseanbhean suas sa chrann mhór a bhí amuigh sa gharraí.

'Anois,' arsa an Ministir leis an tseanbhean, 'nuair a thífeas tú an buachaill óg ag teacht amach ar maidin ceol "Cú-Cú-Cú-Cú".'

'Déanfaidh,' arsa an tseanbhean agus í ina suí thuas sa chrann. Isteach leis an Mhinistir agus mhúscail sé Tomás. 'Seo,' arsa seisean, 'bí ag éirí. Tá mórán oibre againn le déanamh inniu.'

Nuair a chonaic an tseanbhean an buachaill óg, thosaigh sí ag ceol 'Cú-Cú-Cú-Cú'.

'Ó,' arsa an Ministir, 'sin an chuach agus thig leat a bheith ag gabháil abhaile. Tá do sheirbhís oibrithe agat.'

'Ní fhaca mise cuach ariamh,' arsa Tomás agus é ag tógáil cloiche ina lámh ón talamh. Chaith sé an chloch ar an chuach agus thit an tseanbhean marbh ar an talamh ón chrann.

'Anois,' arsa an Ministir, 'mharaigh tú an tseanbhean a bhí thuas sa chrann.'

'Caidé a bhí seanbhean mar sin a dhéanamh thuas i gcrann an t-am seo de mhaidin? Shíl mise gur cuach a bhí ag ceol,' arsa Tomás.

'Bhal, níor chóir duit cloch a chaitheamh i gcás ar bith,' arsa an Ministir agus cíor mhire air.

'An bhfuil fearg ort?' arsa Tomás.
'Tá!' arsa an Ministir.
'Bhal,' arsa Tomás, 'tabhair domh mo pháighe agus beidh mise ag gabháil abhaile.'

Chuaigh an Ministir isteach sa teach agus thug sé amach sparán mór airgid. 'Níl a fhios agam caidé an cineál buachalla atá ionat,' arsa an Ministir, 'ach rinne tú mórán damáiste ó tháinig tú anseo. Seo duit do pháighe agus bí ag gabháil abhaile. Tá súil agam nach bhfeicim tú níos mó ná choíche.'

'Sílim,' arsa Tomás, 'nach bhfuil aithne agat orm agus inseoidh mé duit an cineál buachalla atá ionam. Bhí mo dheartháir Seán, go ndéana Dia trócaire air, anseo seacht mí ar aimsir agaibh agus mharaigh sibh é ag obair agus leis an ocras. Tháinig mise anseo le múineadh a chur oraibh.'

Chuir Tomás an t-airgead ina phóca agus ar shiúl abhaile leis agus ní fhaca mise ceachtar den triúr acu ón lá sin go dtí an lá inniu.

CUID 2: Amhráin

Mo Ghleann Beag Féin

Donnchadh C. Ó Laighin

Tá mo chroí bocht ag briseadh le cumhaidh
Ón lá a d'fhág mé mo ghleann.
Is mé ag gabháil trasna na sléibhte
Ar mo bhealach ag gabháil síos 'na gCeall.
Bhí na caoirigh ina luí go suaimhneach
Is an chuach ag ceol insa chrann.
Chaoin mé féin gach deoir a bhí ionam
Nuair a d'amharc mé thart ar mo ghleann.

Is iomaí lá breá pléisiúrtha
A chaith mé nuair a bhí mé óg
Ag rince is ag cártaí san oíche
Is ag reathaigh fríd na míodúin gan bhróg.
Thit mé i ngrá le cailín deas dóighiúil
Le gruaig chatach dheas bhán.
Bhí na pluca chomh dearg le rósa
Is craiceann mar shneachta ailt bháin.

Shiúil muid na cnoic is na bailte
Ó Cheann Ghlinne go barr Chronarad,
Gan phian ná cumhaidh ná gan bhrón
Is ár gcroíthe óga ceanglaithe le grá.
Chuaigh muid go hAonach na Carraige
Bhí muid 'damhsa go maidin sa Ghleann –
Bhí áthas orainn ó mhaidin go hoíche
Ach ní thig liom níos mó fanacht ann.

Tá sé bliain agus lá ónár bpósadh;
Rugadh iníon a bhí ag fáil bháis.
Bhí brón ar gach duine sa Ghleann
Nuair a fuair an bheirt acu bás.
Ó, is uaigneach an teach seo ó d'fhág siad
Agus mise anseo liom féin.
Gan focal ná amhrán le cluinstin
Nó grá deas ná ceol binn na n-éan.

Tá mé ag imeacht ó mo bhaile beag dúchais
Is é suite ar an taobh seo den ghleann.
Is ní phillfidh mé abhaile a choíche;
Tá mo bhád ag gabháil trasna na dtonn.
Tá Dia is na haingle ag amharc orm,
Mé 'mo sheasamh anseo ag bun na gcrann.
Go mbeimid go hard insna Flaithis,
Fágaim slán ag gach duine sa Ghleann.

* * * * * *

Nóta: Bhí buachaill óg ina chónaí thuas i nGleann an Bhaile Dhuibh i bparóiste Cill Charthaigh agus, mar mhórán buachaillí eile nuair a bhí sé ag fás aníos, bhíodh siad ag imirt lena chéile i gcónaí. Thit sé i ngrá le cailín deas as an Ghleann agus chuaigh an bheirt acu an uile áit le chéile go dtí go raibh siad aosta go leor le pósadh. Ní raibh siad ach bliain amháin pósta nuair a rugadh iníon óg daofa ach fuair an mháthair agus an leanbh bás. Bhí brón agus uaigneas ar an fhear bhocht agus rinne sé suas a intinn go rachadh sé go Meiriceá. Bhí crann mór fuinseoige thuas ag barr na páirce i gcúl an tí. Nuair a bhí sé ag gabháil amach an aichearra ar a bhealach síos chun na gCeall le ghabháil ar an traen, sheas sé ag bun an chrainn agus d'amharc sé thart ar an Ghleann, na deora ag sileadh leis agus é ag smaointiú nach bpillfeadh sé abhaile choíche.

Mo Theach Beag i mBaile Láir

Donnchadh C. Ó Laighin

Athair

Éirigh, a Neansaí, ná bí 'do shuí sa chlúid,
Gabh síos is cuir ort do chlóca deas úr.
Tá Peadar John Sheáinín 'teacht anuas cúl an tí
Is é ag iarraidh do lámh le tú a phósadh inniu.
Tá eallach go leor agus caoirigh sa pháirc aige,
Ar innilt ar an mhaighean ó seo go dtí an cuan.
Ní bheidh ganntanas bia ort, a Neansaí, a stóirín,
Nuair a bheas mise 'mo luí istigh insan uaigh.

Iníon

A Athair, a rún, éist liom go cúramach,
Ní phósfainn an mangaire dá mbeinn ag fáil bháis.
Tá an fhéasóg ag fás anuas as a ghaosán
Is clibíní gruaige ag teacht amach as a chluas.
Ó, b'fhearr liom féin a bheith ag siúl ar na bealaí
Gan pingin i mo phóca ná fáinne óir ar mo mhéar
Mo bhuachaill deas óg liom is a lámh thart faoi dtaobh díom
Bheadh áthas an domhain orm go deireadh mo shaoil.

Athair

A Neansaí, a dhílis, tiocfaidh athrú an tsaoil ort,
Nuair nach mbeidh bia agat le hithe nó braon bainne le hól.
Is an sneachta ag titim go tiubh ar an talamh,
Is poill in do bhróga agus do stocaí gan sál.
Bhéarfaidh mé duitse mo chró beag ceann tuí
Is na crainn insa gharraí lena héanacha ag ceol
Beidh tine dheas dhearg is do sháith agat le hithe
Is tú ag bogadh an chliabháin i do shuí ar stól.

Iníon

A Athair, a rún, nuair a smaointím ar mo mháthair,
Is í amuigh insa chuibhreann ag obair gach lá.
Ní raibh mórán againn le hithe ach cúpla práta rósta,
Is í lag leis an ocras go bhfuair an créatúr bocht bás.
Beidh mé féin agus Séamus ag gabháil ó bhaile go baile
Is muid ag piocadh sméara dubha agus úllaí ón chrann.
Muid inár luí faoin ghealach ag ciúnas na hoíche
Is ag éisteacht leis an chuach ag ceol insa ghleann.

Neansaí agus Séamus

A Shéamuis, a thaisce, tá pian i mo chnámha
Le drochaimsir dhoineanta, ag cur fearthainne gach lá.
B'fhearr liom anois a bheith i mo chónaí sa chró beag
Sa teach beag inar rugadh mé thuas i mBaile Láir.
A Neansaí, a stór, tá na laetha ag éirí gairid
Is na duilleogaí ag titim anuas ó gach craobh.
Beidh áthas an domhain ar d'athair, a dhílis,
Nuair a bheidh muid ag bogadh an chliabháin sa chlúid.

Nóta: Tá Baile Láir i bparóiste Cill Charthaigh agus tá sé suite ar an taobh ó dheas de Bhaile an Droichid ag bun Chruach Mhucrois. Seo an baile ina raibh Neansaí agus a hathair ina gcónaí. Ní raibh Neansaí ach naoi mbliana nuair a fuair a máthair bás agus ní raibh sláinte mhaith ag a hathair.

Bhí fear ina chónaí i ndeas daofa nach raibh pósta. Lá amháin d'fhiafraigh an fear seo d'athair Neansaí an bpósfadh sí é. Bhí neart eallaigh agus caorach ag an fhear seo agus shíl athair Neansaí dá bpósfadh sí é nach mbeadh caill ar bith orthu. Ach bhí an fear seo níos sine ná a hathair. Ní raibh Neansaí í féin ach sé bliana déag agus dúirt sí lena hathair go raibh sí ag gabháil ar shiúl le Séamus, buachaill aimsire a bhí sa cheantar.

An Bhaintreach Óg

Donnchadh C. Ó Laighin

Tráthnóna deas i lár an tsamhraidh,
Is an ghrian ag ísliú ar chúl an chnoic.
An chuach ag ceol ar chrann na coilleadh
Is an traonach le cluinstin i bPáirc na Leic'.
Chuir mé orm mo bhróga úra,
Mo bhrístí Domhnaigh is mo léine bhán,
Shiúil mé liom mar bhuachaill saibhir
Gan pingin i mo phóca mar an talamh bán.

Amach liom féin go dtí Ceann Mhucrois,
Bhí fir sa mhíodún ag gearradh féir.
Chuir siad fáilte romham a bhí go carthanach,
Is na faoileogaí ar eitilt go hard sa spéir.
Shuigh mé síos ar bhruach na farraige,
Is an radharc ansin ní fhacas ariamh.
Ó Bhun Dobhráin álainn is ó sin go Neifinn,
Is trasna an chuain go Sliabh an Liag.

Sheas mé suas le ghabháil abhaile,
Is bhí cailín deas ar an leac thíos uaim.
Síos liom féin le labhairt léi,
Bhí sí 'sileadh na ndeor mar fhearthainn throm.
'Is mór an truaigh tú bheith 'caoineadh
Tráthnóna deas is é chomh ciúin.'
'A bhuachaill óig, tá mo scéal chomh brónach
Ó báthadh mo ghrá ó bhád sa chuan.'

Suas linn go Teach an Mhargaidh,
Is shuigh muid síos tuairim cúpla uair.
D'inis sí scéalta a bhí chomh brónach,
Is an taoille ag líonadh is é chomh fuar.
D'éirigh muid suas le ghabháil abhaile,
Is thug mé lámh don bhaintreach óg.
Dúirt sí liom an siúlfainn léithe,
Go raibh teach beag aici ar ardán glas.

Shiúil muid linn go raibh sí sa bhaile,
Bhí an ghealach ag éirí ar chúl Chronarad.
D'iarr sí orm an doras a fhoscladh,
Is amach ar an tábla a leag sí bord.
Tá clann anois agam féin is ag Máire,
Dhá mhac dóighiúil is iníon dheas óg.
Is minic a smaointím ar an lá i Mucrois,
Is ansin a fuair mé mo bhean dheas óg.

Mo Chailín Deas

Donnchadh C. Ó Laighin

Ar mo bhealach síos go Baile an Droichid
Casadh orm mo ghrá bheag dheas.
Bhí sí lách is sí bhí dóighiúil.
D'iarr mé póg ó mo chailín deas.
Dúirt sí liom 'Ná bíodh deifre ort,
bí mar na duilleogaí atá 'fás ar an chrann.'
Ach bhí mise óg is gan chéill –
Is níor chreid mé mo chailín deas.

Insa mhíodún cois na habhna
Bhí mé ag caint le mo chailín deas.
D'iarr mé uirthi mé a phósadh;
Dúirt sí liom nach ndéanfadh go fóill.
'Bíodh foighid agat is ná bíodh deifre ort
Bí mar an féar insa mhíodún atá 'fás.
Ach bhí mise óg is gan chéill –
Níor thug mé aird ar mo chailín deas.

Tá teach mór ag barr na sráide
Is tá mo chailín deas ann.
Phós sí fear a bhí sean is saibhir,
D'fhág sí mise anseo liom fhéin.
Dúirt sí liom 'Ná bíodh fearg ort,
Beidh an bheirt againn le chéile gan mhoill.'
Ach bhí mise óg is gan chéill –
D'fhág mé slán ag mo chailín deas.

Cuan Thamhnaigh

Donnchadh C. Ó Laighin

Tá cuan beag deas i ndeas do mo theach,
In Iardheisceart Dhún na nGall.
Is coill bheag dheas os cionn na tráighe,
Áit a bhfásann mórán coll.
Cruach Mhucrois ard ag amharc anuas,
Ar Bhaile Lár is an Tamhnaigh.
Sé an áit is deise a b'fhearr liom féin,
Bheith i ndeas do Chuan Thamhnaigh.

Is iomaí lá deas aoibhinn,
A shiúil mé thart faoin chuan.
Ó d'fhág mé Log na Muirne
Go raibh mé thíos ag ceann an Dúin.
Bhí mé ag caint le bunadh na háite
Tráthnóna samhraidh,
Is mé mo sheasamh ar Spinc na bhFaoileog
I ndeas do Chuan Thamhnaigh.

Shuigh mé síos os cionn an Phoill Mhóir,
Bhí an fharraige deas is ciúin.
Is na bádaí 'cur na líonta,
Ón Ghobán Liath go béal an chuain.
Bhí rón mór ag snámh thart
Ar chúl an Leic Bhuí.
Is an gabhar deora deas ag eitilt thart,
I ndeas do Chuan Thamhnaigh.

Shiúil mé mórán bailte
Idir dhá cheann den tír mhór.
Is shuigh mé síos ar chathaoir an rí,
I gcaisleán an Droim Mhóir.
Sheas mé ag uaigh Mhéabha
Ar bharr Chnoc na Rí.
Ach is é an áit is deise a b'fhearr liom féin
Bheith i ndeas do Chuan Thamhnaigh.

An Baile inar Tógadh Mé

Donnchadh C. Ó Laighin

Ag bun Chruach Mhucrois
Tá baile beag aoibhinn ann.
Tá na héanacha ag ceol insna crainn ansin
Thíos cois na habhann.
Tá an toit ó na tithe
'Gabháil suas go bán sa spéir,
Agus drúcht an tráthnóna
Ag titim ar an fhéar.

Chuaigh mé síos cois abhna,
Tráthnóna deas is ciúin.
Casadh orm cailín deas álainn
Agus dúirt sí liom 'A rún,
Tá mise ag gabháil go Meiriceá
Agus ba mhaith liom dá dtiocfá liom.
Rachaimid go Doire ar maidin –
Is ansin atá an long.'

Is iomaí lá ó d'fhág mé mo bhaile
Ar an Chill Bhig.
A smaoiním ar mo mhuintir,
Iad aosta agus lag.
Smaoiním ar na daoine nuair a bhí mé
I mo bhuachaill óg
Nuair a shiúlainn thart an tráigh
Gan stoca nó gan bhróg.

Fuair mé scéal ón Chaiseal
'Bhí go brónach, is briseadh croí.
Dúirt sé liom go bhfuair mo mhuintir bás
Tráthnóna sa tsamhradh.
Tá siad ina luí sa reilig ansin
Thíos cois na habhann.
Is mise anseo i mBoston
Go cráite is le brón.

Ó, rachaidh mé abhaile
An áit a rugadh mé.
Tífidh mé mo bhaile dúchais
'S na bádaí amuigh sa chuan.
Rachaidh mé síos 'an bhaile mhóir
Mar a rinne mé nuair a bhí mé óg.
Is ansin atá mo mhuintir
Sa reilig ina luí faoin fhód.

Nóta: Seo amhrán faoi Dheoraí. Bhí buachaill as an Chill Bhig agus cailín as an Chaiseal ag gabháil amach le chéile. Tá an dá bhaile seo idir míle agus míle go leith ó Bhaile an Droichid i bparóiste Cill Charthaigh. Tráthnóna deas sa tsamhradh, bhí an buachaill ag siúl ar an bhealach íochtarach cois na habhann agus casadh air a ghrá ag Log na Muirne. Dúirt sí leis go raibh sí ag gabháil go Meiriceá agus ba mhaith léithe dá dtiocfadh sé léithe. Maidin lá arna mhárach, d'imigh an bheirt leofa go Doire agus chuaigh siad ar an long mhór siar go Meiriceá. Fuair siad obair i mBoston ach níor scríobh ceachtar den bheirt acu abhaile. Lá amháin fuair an fear scéala ó chol ceathar dó ón Chaiseal ag inse dó go bhfuair a mhuintir bás i mí Mheithimh. Bhí brón air nach dtáinig sé abhaile nuair a bhí siad beo agus dúirt sé lena bhean go raibh sé ag gabháil abhaile go bhfeicfeadh sé an áit ina raibh siad curtha.

An Smaointiú Brónach

Donnchadh C. Ó Laighin

Is cuimhneach liom an bhliain
A chuaigh mé siar 'na chladaigh.
Ní raibh mé ach 'mo ghasúr,
'Chóir ceithre bliana déag.
Nuair a smaoiním ar na daoine
A bhíodh amuigh ag iascaireacht bradán
Tá mórán de na fir seo
Ina luí faoi chré.

Is iomaí uair a smaointím
Nuair a bhí mé ag iascaireacht scadán
Is na lanntracha ag soilsiú
Ó dhá cheann na céibhe.
Ní raibh fear óg ná gasúr
Nach raibh ag obair leis na scadáin
Is muid ag glanadh líonta
Amuigh ar an chéidh.

Nuair a sheasaim ar an bhealach
Is mé ag amharc amach 'na farraige,
Bím ag smaointiú ar na líonta
A bhíodh curtha ag Bun an Chuain.
Is na bádaí gach áit ann
Ó Thor Bó go Ceann Mhucrois
Is na héanlaithe ina luí ann
Taobh amuigh de Chúl an Dúin.

Is iomaí lá breá aoibhinn
A chaith muid ag cuartú murlas,
Is an ghrian dheas ag soilsiú
Go hard insa spéir.
Le bád deas úr álainn
A thóg mé ar an Chaiseal,
Ba í an bád is deise í
A chuaigh amach béal an chuain.

Cá ndeachaigh na blianta?
Tá mo shaol ag sruth' go tapaidh.
Níl na gainneáin ná na liamháin
Le feiceáil insa chuan.
Ach na bádaí móra iarainn
Le hiasc atá leath lofa.
Níl na líonta nó na scadáin
Le fáil ag Bun an Chuain.

CUID 3: Filíocht

An Geimhreadh

Donnchadh C. Ó Laighin

Tá an ghrian ag ísliú sa gheimhreadh
'S na duilleogaí ag titim ó na crainn.
Tá na prátaí istigh insa mhaoiseog
'S an crotach ag ceol go binn.
Tá na hoícheanta ag éirí níos faide
'S an sneachta ag titim go ciúin.
Tá na bádaí ag iascaireacht na scadán
'S na róin le feiceáil sa chuan.

Tá an mhóin sa bhaile ón phortach
'S an lon dubh ar foscadh faoi chrann.
Tá na páistí amuigh ag caitheamh sneachta
'S na caoirigh ag fáil bháis insa ghleann.
Tá na fir ag inse na seanscéaltaí,
'S an fear bréagach sa chuibhreann gan cheann.
Tá an chruach fhéir amuigh insa gharraí
'S an t-uisce go barr bhruach na habhann.

Tá na géacha fiáine ar ais ar an Dún
'S an chearc fhraoigh anuas ó na hailt.
Tá na héanacha beaga fá shuaimhneas
'S níl easóg anois le fáil.
Tá na buaibh istigh insna bóithigh
'S neart min chruáil sa tsac;
Tá an tseanbhean 'cur mónadh ar an tine
'S píopa lán tobaca ar an bhac.

Tobar Phádraig

Donnchadh C. Ó Laighin

Tá tobar beannaithe anseo ar an Chaiseal
Is tá sé suite thíos i ndeas den chuan.
Tá na crainn arda ag fás thart fá dtaobh de,
Is go suaimhneach anseo is go ciúin;
Ach an seachtú lá déag de mhí Mhárta
Bíonn scaifte daoine anseo i rith an lae.
Is iad ag siúl turas Naomh Pádraig,
Ar a mbealach go taobh dheis Dé.

Anois, tá mé 'mo sheasamh os cionn Thobar Phádraig
Is mé ag smaointiú ar na blianta a chuaigh thart,
Ar na fir bhochta, na mná is na páistí
Is iad ag ól an uisce bheannaithe gan tart.
Tá mé ag amharc ar an leac seo taobh thíos díom
Is é sínte mar bhraillín dheas bhán.
Is iomaí sin duine a shuigh síos air
Nuair a d'fhág Naomh Pádraig iad slán.

Is iomaí sin bliain ó bhí Pádraig
Is é ag spréadh an chreidimh fá Dhia.
Deir siad go raibh sé i gConnachta
Is as sin a tháinig Pádraig aniar.
Bhí tart air nuair a tháinig sé 'na Chaisil;
Is bhí Cruach Mhucrois chóir cumhdaithe le ceo.
Tharraing sé cloch mhór as an talamh
Is beidh tobar Phádraig anseo go deo.

Dol Pháidí Jimí Ruairí

Donnchadh C. Ó Laighin

Bhí mé ag smaointiú aréir ar na bádaí sa chuan
Is muid amuigh ag iascaireacht bradán.
Le bád deas úr, a bhí naoi dtroithe déag
Le trí mhaide rámha gan sléastáin.
Bhí cúigear sa bhád agus mé fhéin ar an téad
Is fear eile, ag coinneáil a shúil' ar na Maoir.
Bhí muid inár suí ar áit, amuigh ar an Ráth
Is muid ag fanacht go cruaidh ar na bradáin.

Bhí an ghrian ag éirí os cionn an Ailt Mhóir
Is an chorr mhónadh ina seasamh ar Ghobán na Rón.
Bhí na bádaí ina suí ar gach áit insa chuan
Is an-ghleo ag na faoileogaí thíos ar an Dún.
Bhí na Maoir ina gcodladh sa teach os cionn na Céabh,
Is oiread bradán ag léimnigh, ní fhacthas ariamh.
Bhí na bradáin ag léas, amuigh i lár an chuain,
Is bád Pháidí Jimí Ruairí, ar áit i bPoll an Chúir.

Thóg Páidí a ancaire agus suas leis an cuan –
Bhí bád ar an Leac is ceann eile ar Chúl an Dúin.
Arsa Páidí leis an fhoireann: 'Níl áit againn le fáil.
Tá bádaí ar gach áit ó seo go dtí an Ráth.'
'Gabháil suas os cionn an Leac, léim trí bhradán 'Och, och,
Cúl isteach!' arsa Páidí agus scairt sé 'Tró'.
Tá áit i gcuan Theilinn, tá ainm Pháidí gan bhréag –
Nuair a fuair sé dol mór bradán, ocht scór déag.

Bás Nóra Nic Giolla Cearr

Donnchadh C. Ó Laighin

Lá Peadar is Pól i seacht gcéad déag nócha a hocht,
Lá saoire a bhí ann do shaibhir is don bhocht.
Is ar shiúl le Nóra leis na cailíní mór'
Is maraíodh le cloch í os cionn Poll na hOitre Móir'.

A Nóra, a dhílis, tá do bhunadh chomh cráite
Ó d'fhág tú an teach is tú ag gabháil thar sáil'.
Bhí buachaillí an Chaisil 'gabháil amach insa bhád,
Is bhí trí chailín ón bhaile ina suí faoin alt.

Bhí dhá bhuachaill siúil 'gabháil ó bhaile go baile,
Is síos leofa an mhíodún nuair a d'fhág siad an bealach.
Bhí siad 'reathaigh is ag léimnigh go barr an chnoic aird,
Is rollaigh siad cloch mhór a chuaigh amach leis an alt.

Bhí fear ar Chloch na nDuibheán is scairt sé go hard,
Nuair a chonaic sé an chloch mhór 'teacht anuas thar an alt.
Bhuail an chloch Nóra bhocht agus maraíodh í,
Ar an leac os cionn an bháid áit a bhí sí ina suí.

A Nóra, a stór, nach ort a bhí an mí-ádh,
Is tú 'do shuighe ar an leac le Bríd agus Anna.
Bhí an Chaiseal faoi ghruaim is iad ag caoineadh le cumhaidh,
Fá Nóra bhocht is í ina luí ansin marbh.

Tá reilig ar na Claoine is tá Nóra curtha ann.
An cailín óg dóighiúil leis an ghruaig dheas fhionn.
Tháinig na hAingle ó na Flaithis le Nóra a fháil
Anois tá sí ag amharc anuas ar bhunadh Chaiseal gach lá.

Nóta: Scéal fíor atá anseo. B'as an Chaiseal i bparóiste Cill Charthaigh Nóra agus ní raibh sí ach ceithre bliana déag nuair a maraíodh í. Ag teacht abhaile ón aifreann i dTeach Pobail an Spáinnigh a rinne triúr cailíní suas a n-intinn go rachadh siad síos chun an chladaigh leis na buachaillí a bhí ag gabháil amach sa bhád. Ní raibh deirfiúr ar bith ag Nóra ach bhí seisear deartháireacha aici a bhí níos óige ná í féin. Bhí Nóra agus beirt chailíní eile ina suí ar an leac os cionn Pholl na hOitre Móire agus iad ag caint leis na buachaillí a bhí ag cur isteach ballasta sa bhád le ghabháil amach a sheoladh. Thuas ar an Chill Bhig os cionn na trá bhí dhá bhuachaill siúil ag teacht anuas an aichearra le ghabháil siar go Tamhnaigh. Thuas ar bharr cnoic aird atá ansin rollaigh duine acu cloch mhór síos an cnoc. Bhí fear thíos ag Cloch na nDuibheán ag piocadh bairneach agus chonaic sé an chloch mhór ag teacht anuas thar an alt agus scairt sé leis na cailíní faoin chloch ach bhí sé rómhall. Bhuail an chloch Nóra idir an dá shlinneán agus maraíodh í. Ba é deartháir óg Nóra athair mór mo sheanmháthar. Is mise an cúigiú glúin anuas.

AGUISÍNÍ

Gluais

achan	gach aon
aichearra	aicearra
áit uasal	áit dhraíochtach ina mbíodh an slua sí ina gcónaí
Alt an Tairbh	ainm áite
An Bolcán	ainm fhear sí Ghleann Bholcáin
ar aimsir	ar seirbhís
bhéarfaidh	tabharfaidh
buarach	rópa le bó a cheangal
cáfraith	an dara scileadh den choirce
caibín	féasóg
caidé	cad é
Carraig Caochán	cloch mhór i gCuan Tamhnaigh a bhíonn cumhdaithe le barr lán
casán	cosán
Cill na Stuaic	ainm ar sheanreilig a bhí ar an Chaiseal
cíor mhire	cíor thuathail
ciorr	locht
coire gaoithe	séideán sí
conáilte	iontach fuar, préachta leis an fhuacht
Coinnealra	ainm áite cois farraige
creatacha	lataí
cruaidh	crua
cumhaidh	cumha, brón
cúpla	lánúin, beirt
cúpla	dhá rud nó níos mó
daofa	dóibh
i ndeas do	cóngarach do
deorum	greann agus spórt
dol bradán	gaiste éisc
ag dolaíocht	ag ceapadh (éisc)
feá	tomhas farraige = sé troighe & dhá shlat
Fir Lagaigh	alt ard cois farraige sa cheantar
foithnín	sifín
fríd	tríd
gasúraí	buachaillí
geafta	geata
gearrán	capall óg (fireann)
le ghabháil	le dul
Gobán na Rón	ainm atá ar charraig mhór sa chuan
Gort na Rann	talamh páirteach nó coimín atá sa cheantar
igín	rópa le hainmhí a chur ar téad; buarach

in inmhe	ábalta
Leac na Cónra	fuarthas trí chorp in aice na leice seo.
léithe	léi
lián	uirlis bheag chun pór a chur sa talamh
lonaidh	loine, bata buailte an mhaistridh
maighean	áit, gabháltas
Malaidh Dinnil	áit ard iomráiteach i mbaile fearainn na Claoine ina bhfuil seaneaglais agus reilig.
maoiseog	carn, moll, cnap
min chruáil	min choirce
(lód) mónadh	(lód) móna
'mar an aoileach'	fliuch go craiceann
muna	mura
neas	i ndeas, cóngarach
níodh	dhéanadh
a níos	a dhéanann
páighe	pá
pandaí	cupa nó soitheach stáin. Bhíodh na tincéirí iontach maith á ndéanamh.
Poll an tSiáin	Ainm áite cóngarach do bhun na habhann ina dtagann éisc bheaga isteach leis an lán mara.
Poll an Choire	poll guairneáin
Poll na hOitre Móire	oitir ghainimh
ag reathaigh	ag rith
rud inteacht	rud éigin
ag scairtí	ag scairteadh
scoltacha	scoileanna
screagacha	creaga
sléastáin	Sleasáin. Anseo, píosaí adhmaid le cur ar thaobh mhaide rámha.
ag smaointiú	ag smaoineamh
spinc	speanc, creig nó aill
striog	driog, deoir nó braon
tafta	tochta báid
go dtáinig	gur tháinig
thigeadh	thagadh
tífidh	feicfidh
na tineadh	na tine
Trá Lobhair	fuair an trá a hainm ó shlata mara agus feamainn a bhíonn ag lobhadh ar an trá.
toistiún	bonn ceithre pingine sa seanairgead roimh 1972.
túrtán	túrtóg

Ailt agus Clocha Cois Cósta i gCill Charthaigh

Ainmneacha áitiúla atá tugtha sa liosta seo (féach léarscáil ar l. 92).

1. Na Fódáin (Earagal)
2. Leac an tSíáin (Earagal)
3. Port an Gamhain Fireann (Earagal)
4. An Staid Bheag (Port Eachran)
5. An Roisín (Port Eachran)
6. An Chasla (Doire Leathan)
7. Carraigín (Dúinín)
8. Bearna Dearg (Dúinín)
9. Carraig Thomáis (Dúinín)
10. Carraig na Muice (Dúinín)
11. Sceilp an Tobair (Dúinín)
12. Cé na Mánach (Dúinín)
13. Gob an Duinín (Dúinín)
14. Leac an Rón (Dúinín)
15. An Marcach Bán (Dúinín)
16. Gobán na Rón (Dúinín)
17. Traigh Dhuinín (Dúinín)
18. Port an Chabhlaigh (Na Curra)
19. Áit an Stór (Na Curra)
20. An Ráth (Na Curra)
21. Cloch Eisileach (Na Curra)
22. An Chladach Mín (Na Curra)
23. Tóin Bhidí Bheag (Na Curra)
24. Poll Gorm (Cill Bheag)
25. Gob an Cholbha (Cill Bheag)
26. Cladach na gCaorach (Cill Bheag)
27. Cloch na hÁite (Cill Bheag)
28. An Rinn (Cill Bheag)
29. Sceilp an Ropáin (Cill Bheag)
30. An Bhléin (Cill Bheag)
31. Spinc Ard (Cill Bheag)
32. Tor Mhic an Ghluais (Cill Bheag)
33. Sceilp an tSasanaigh (Cill Bheag)
34. Leic Bhuí (Cill Bheag)
35. Poll Mór (Cill Bheag)
36. Cloch an Mhaigín (Cill Bheag)
37. Cloch Chaithlín (Cill Bheag)
38. Gobán Liath (Cill Bheag)
39. Uaigh an Óir (Cill Bheag)
40. Cloch nDuibheán (Cill Bheag)
41. Poll na hOite Móire (Cill Bheag)
42. Cloch na bPartán (Cill Bheag)
43. An Cúl Tráighe (An Chaiseal)
44. Dún Ulún (An Chaiseal)
45. Áit an Stóir (An Chaiseal)
46. Poll na mBádaí (An Chaiseal)
47. An Scítheog (An Chaiseal)
48. Log na Muirne (An Chaiseal)
49. Gort na Rann (An Tamhnaigh)
50. Bun an tSrutháin (An Tamhnaigh)
51. Carraig na mBradán (An Tamhnaigh)
52. Leac na Cónra (An Tamhnaigh)
53. Poll an Choire (An Tamhnaigh)
54. Libe Rois (An Tamhnaigh)
55. Carraig Caochán (An Tamhnaigh)
56. An Garraíol (An Tamhnaigh)
57. Dún (An Tamhnaigh)
58. Builg Ábhach (An Tamhnaigh)
59. Gob Sliogánach (An Tamhnaigh)
60. Tor Leathan (An Tamhnaigh)
61. Tor Caol (An Tamhnaigh)
62. Dún Mór (An Tamhnaigh)
63. Dún Beag (An Tamhnaigh)
64. Spinc na bhFaoileog (An Tamhnaigh)
65. Leac na Griollach (An Tamhnaigh)
66. Leac na Magach (An Tamhnaigh)
67. Poll Dinní (An Tamhnaigh)
68. Alt an Tairbh (An Tamhnaigh)
69. Fir Lagaigh (An Mhucros)

Ailt agus Clocha Cois Cósta i gCill Charthaigh

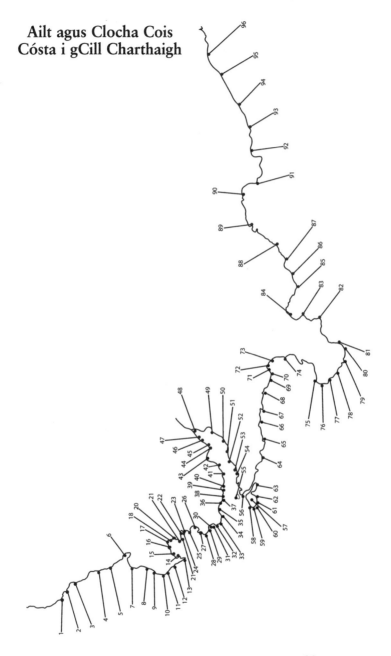

70. Cloch Lobhair (An Mhucros)
71. Carraig an Duilisc (An Mhucros)
72. Trá Lobhair (An Mhucros)
73. Áit an Stóir (An Mhucros)
74. Éadan Garbh (An Mhucros)
75. Builg Mhór (An Mhucros)
76. Builg Chaoch (An Mhucros)
77. Teach an Mhargaidh (An Mhucros)
78. Tor Tholl (An Mhucros)
79. Poll na nDuibheán (An Mhucros)
80. Poll na Fuiseoige (An Mhucros)
81. Ranna Duibhe (An Mhucros)
82. Leac Áine (An Mhucros)
83. Carraig na Trá (An Mhucros)
84. Trá Bhán (An Mhucros)
85. Spinc Bhuí (An Mhucros)
86. Carraig Úna (An Rualach)
87. Tor Rualach (An Rualach)
88. Uaigh na gColm (An Rualach)
89. Poll an Choire (Gort Sáile)
90. Gob na hInse (Gort Sáile)
91. Carraig na nDuibheán (Cruach Bheag)
92. Trá Sealbhuí (Sealbhuí)
93. Port Bheag (Sealbhuí)
94. Barr an Phointe (Sealbhuí)
95. Dún Aoidh (Na Leargna)
96. Port Gorm (Na Leargna)

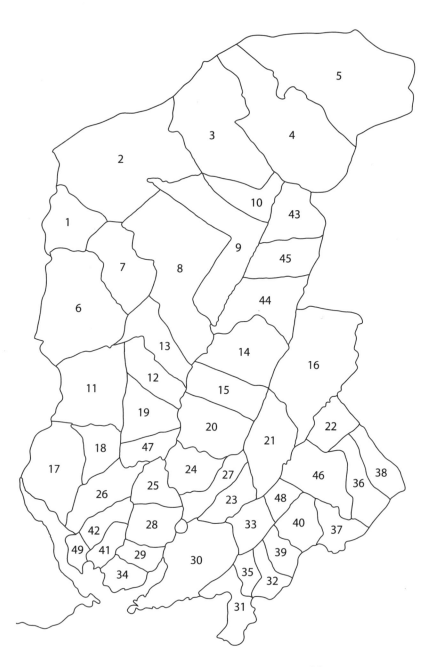

Bailte Fearainn Pharóiste Cill Charthaigh

Tuairim is 300 bliain ó shin nuair a bhíodh na tiarnaí talaimh ag tógáil an chíosa ó na bailte sa pharóiste seo, chuir siad mórán de na bailte fearainn le chéile sa dóigh nach mbeadh oiread ainmneacha acu sa leabhar. Tá an liosta thíos ag dul leis an léarscáil ach tá dornán ainmneacha eile ann. Leaganacha áitiúla de na logainmneacha atá anseo.

1. Srath na Circe
2. Cróibh Íochtar
   Srath an Arbhair
3. Cróibh Láir
4. Cróibh Uachtar
5. Cró Bán agus Cró Dubh
6. Srath Laoill
7. Cró na Ruda Beag
8. Cógais
9. Cruach Chaorach
10. Ucht an Chneadaigh
11. An Bogach
12. Baile Mhic Pháidín
13. Seanach
14. Mín Uí Chanainn
15. Baile na Móna
16. Cró na Saileach
    Baile an Bhaoiligh
17. Port Eachrann
    Earagal
    Siltineach
18. Cuiscrigh
19. Cill Chathasaigh
20. Iomascan
21. Srath Bruithne
22. Mín Bhuí
23. Droim na Fionagaile
    Garraí Dubh
24. Caiseal Charn
25. Droim Riach
26. Doire Leathan
27. Caonachán
28. Baile an Teampaill
    Na Claoine
29. An Chaiseal
30. An Tamhnaigh
    Cnoc Chartha
    Baile Láir
31. Mucros
32. Rualach
33. Leitir
34. An Chill Bheag
    Baile Úr
    Cladach na gCaorach
35. Leirg an Dachtáin
36. Na Leargain
37. Sealbhaigh
38. Cill
39. Gort Sáile
40. Cró Beag
41. Baile Buí
42. Na Curra
43. Maol na nDamh
44. Srath na Díge
45. Bun na nEasan
46. An Bábhdhún
    Gort na gCoileach
    Clochar
47. Na Caislíní
48. Mínte Caoracháin
49. An Dúinín

AN DLÚTHDHIOSCA

1 Amhrán: Mo Ghleann Beag Féin [4.48]
  Amhránaí: Collette Nic Dáibhid
  Ceoltóir: Paul Gallagher

2 Amhrán: Mo Theach Beag i mBaile Lár [5.53]
  Amhránaithe: Anna Ní Chuinneagáin agus Seán Ó
  Donnabháin
  Ceoltóir: Paul Gallagher

3 Amhrán: An Bhaintreach Óg [6.11]
  Amhránaithe: Collette Nic Dáibhid
  Ceoltóir: Paul Gallagher

4 Amhrán: An Cailín Deas [3.53]
  Amhránaithe: Anna Marie Uí Laighin agus Bríd Ní Bheirn
  Ceoltóir: Paul Gallagher

5 Amhrán: Cuan Thamhnaigh [3.05]
  Amhránaí: Collette Nic Dáibhid
  Ceoltóir: Paul Gallagher

6 Amhrán: An Baile inar Tógadh mé [4.46]
  Amhránaí: Clár Ní Ghallchobhair
  Ceoltóir: Seanán Brennan

7 Amhrán: An Smaointiú Brónach [4.45]
  Amhránaí: Donnchadh Ó Laighin

8 Scéal: An Bhó Riabhach [9.25]
  Scéalaí: Eibhlín Nic Bhriartaigh

9 Scéal: An Ministir Cam [8.44]
  Scéalaí: Máiréad Nic Seáin